君は初恋の人、の娘
2
You are
the daughter of
my first love.
機村械人
[イラスト]いちかわはる
JN131151

それっ！

あはは、イツキも
遠慮しなくていいよ
水遊びに興じる朔良は楽しそうで、年端もいかない少女のように笑っていた。
その姿は、正に女神のようだった。

……はい、
頑張ってみようと
思います

和奏さんの真面目さと一生懸命さ、
それだけの強い想いがあれば、
きっと相手の方にも伝わりますよ
そう言って、和奏はジッと一悟を見詰める。
潤んだ瞳の揺らめきが、あまりにも蠱惑的で、
ドキリと心臓が高鳴る。

わぁ、綺麗……

かわいいね、
線香花火
パチパチと、儚い火の粉を散らして輝く線香花火。
その小さな光を、ルナは愛おしそうに眺める。

You are the daughter of my first love.

Contents

[　目　次　]

君は初恋の人、の娘2

機村 械人

GA文庫

カバー・口絵　本文イラスト
いちかわはる

プロローグ　かつてと今

You are the daughter of my first love.

——海を見に行こう。

昔、そう言って朔良《さくら》を海に誘ったことがあった。

『わぁ……凄《すご》く綺麗《きれい》だね、イッチ』

海開きはされているけど、まだシーズンではないためか、海水浴客はほとんどいない。

犬を連れて散歩する地元民を見掛ける程度の、静かな砂浜。

けれど、快晴《かいせい》の空と紺碧《こんぺき》の海が水平線の彼方《かなた》で混ざり合う光景は、率直《そっちょく》に美しいと思える。

『もしかして、私が前に海に行きたいって言ったから？』

朔良の言葉に、一悟《いちご》はおずおずと頷《うなず》いた。

彼女の部屋で、一緒《いっしょ》にテレビを見ていた時——画面に映《うつ》った海を見て、朔良がそう呟《つぶや》いたのを覚えていたからだ。

できるだけ安価な移動費で行ける、一番近くの評判のよい海岸を懸命《けんめい》に探した。

結果、県を跨《また》ぐほどの移動になってはしまったが——。

『ありがとう、イッチ』

麦《むぎ》わら帽子《ぼうし》を海風に攫《さら》われないように押さえながら、朔良は微笑《ほほえ》む。

その顔を見られるだけで、頑張《がんば》った甲斐《かい》があったと思えた。

むしろ、苦労した記憶なんて消し飛んでなくなった。

『水着も持ってくればよかったね。あ、でも、他に人もあまりいないし、私たちだけで遊んでても変かな』

そんな朔良の言葉を聞き、一悟は以前、彼女と街中のプールに行った時の事を思い出す。

その時、朔良は白いビキニタイプの水着を着ていた。

均整《きんせい》の取れたスタイルの良い体格に、陶磁器《とうじき》のような白い肌《はだ》を惜《お》しげもなく晒《さら》した彼女からは、清楚《せいそ》で可憐《かれん》な雰囲気《ふんいき》と共に、どこか刺激的な色気《いろけ》も感じられた。

当然、周囲の目線も集めていたので、あまり彼女に解放的な恰好《かっこう》をして欲しくない、という思いも生まれはしたが。

……一方で、それでも、許されるなら自分だけは見たいという気持ちも芽生《めば》えていたことは否《いな》めない。

思春期の男子特有の、どうしようもない我儘《わがまま》だ。

『あれー？　どうやら、イッチ君のご期待には沿《そ》えなかったみたいだね』

どうやら、押し黙《だま》った一悟の思惑《おもわく》は丸分かりだったようだ。

そんな反応を見て、ニヤニヤしながら朔良は言う。

『べ、別に――』

と、慌《あわ》てて否定しようとする一悟。

そこで。

『それっ！』

波打ち際《ぎわ》。

裸足《はだし》で砂浜を歩いていた朔良は、いきなり海水をすくい上げ、一悟へと掛けてきた。

まるで、照れ隠しの行動のように。

『わっ！』

いきなり海水を掛けられ、一悟は咄嗟《とっさ》に顔を逸《そ》らす。

『あはは、イッチも遠慮《えんりょ》しなくていいよ。どうせ、すぐ乾《かわ》いちゃうから』

そう言って、バシャバシャと波打ち際を走り、水遊びに興じる朔良は楽しそうで、年端《としは》もいかない少女のように笑っていた。

その姿は、正に女神《めがみ》のようだった。


一悟が中学一年生、朔良が中学三年生の頃の記憶である。

来年、朔良は中学を卒業し、一悟の通う学校とは別の――どこかの高校に通う事になる。

だから今は、彼女と多くの体験を共有できる、限られた時間の真《ま》っ只中《ただなか》なのだ。

朔良と一分、一秒でも長く共にいて、彼女の存在を身近に感じたかった。

彼女の事を、一つでも多く知りたかった。

『朔良は、将来の夢ってある？』

遠く、空と海の狭間《はざま》を音もなく進んでいく船をぼんやりと見やる。

砂浜に座り、一悟は朔良へとそう質問した。

『うーん……今のところはないかな』

寄せては返し、海岸を洗っていく波の先端を静かな眼差《まなざ》しで眺めながら、朔良はそう回答する。

朔良の家は自営業を営《いとな》んでいる。

子供は、今のところ朔良一人だけだ。

将来は、どうするのだろう。

彼女が家業を継《つ》ぐ？

朔良は頭がよい。

だから、それでもいいのかもしれない。

もしくは……誰かが、彼女と結婚して婿養子《むこようし》になり……夫婦で家業を継いで、営んでいくか……。

『イッチには、夢ってある？』

そこで、朔良に聞かれ、一悟は脳内《のうない》で思い描いていた妄想《もうそう》を振り払うように、勢いよく頭を振った。

今一瞬、頭の中に浮かんだ言葉を、光景を、誤《あやま》って口に出さないように、懸命に誤魔化《ごまか》す。

『僕《ぼく》も、今は特には……』

『……そっか。そうだよね。将来の事なんて、まだ分からないもんね』

そう言って笑う朔良に、一悟も笑みを向ける。

笑い合う二人。

『でも、高校に進学したら、アルバイトとかしてみたいな』

その後、朔良は目を細めながら言った。

水面に反射する太陽の光が、眩《まぶ》しいのかもしれない。

『色々な仕事をして、知らないことを知って、経験を積んでみたい』

『僕も、働けるようになったら、何かやってみたいな』

働いて、今よりも金銭的に余裕《よゆう》を持ちたい。

朔良と、一時でも長い時間を一緒に過ごし、彼女を楽しませたい。

そのためにも――。

……………。

……………。

あまりにも眩《まばゆ》く、あまりにも貴《とうと》い、彼女との記憶に耽《ふけ》り、一悟は思う。

こんなエピソード、もう思い出す事はないと思っていた。

いや、記憶に蓋《ふた》をしていたのだ。

思い出したくなかったから。

この淡《あわ》く輝かしい記憶が、その後に訪れる未来を体感した今、とても辛《つら》いものになってしまったから。

※　※　※　※

――時の流れは現在に戻る。

「いらっしゃいませ！　分からない事がございましたら、お伺《うかが》いいたします！」

都市部郊外に敷地《しきち》を持つ、とある大型ショッピングセンター。

そこで営業する施設の中に、広大な敷地面積を持つ大型雑貨店がある。

同企業が全国に展開する店舗の中でも、年間売り上げ上位に名を連ねる、いわゆるSランク店。

そんな店の中で、彼女――星神《ほしがみ》ルナは、今日もアルバイトとしてしっかりとした仕事ぶりを発揮している。

彼女が立っているのは、中央レジ後方に設置されたサービスカウンターという場所だ。

普段はお嬢様《じょうさま》学校に通う彼女も、今は職場の雰囲気に合わせ、艶《つや》やかな黒髪を一つに束《たば》ね、シャツにジーンズというアルバイト用の制服を纏《まと》っている。

その姿は、とても朗《ほが》らかで可愛《かわい》らしい。

整った顔立ちが湛《たた》える温かい笑顔は、誰しもが思わず見惚《みと》れてしまうくらいの破壊力がある。

正に店の顔……いや、店の中心に咲いた一輪の花と言っていいかもしれない。

それほどの存在感を放っている。

無論《むろん》、見た目がいいというだけの話ではない。

彼女の立つサービスカウンターは、この店においては、言わばコンシェルジュのような役割を果たしている。

売り場の案内や、配達物の荷受け、欠品商品の注文から、名刺《めいし》や印鑑《いんかん》、表札《ひょうさつ》、その他諸々《もろもろ》、特注品の各種受付……。

店舗に勤めるメンバーの中でも、一際《ひときわ》愛想《あいそ》がよく、頭の回転も速く、要領《ようりょう》のいい者でないと務まらない職務だ。

しかし、この前アルバイトに採用されたばかりのルナは、もう様々な仕事を覚え、サービスカウンターのメインメンバーとして欠かせない存在となっていた。

「彼女、とても優秀ですね」

そんなルナの働きぶりを、少し離れた場所から見ている二人の大人がいる。

「他の社員や、お客様からの評判も上々《じょうじょう》です。高校一年生の、まだ子供なのに、やっぱり姫須原《ひめすばる》高校の生徒は礼節《れいせつ》と教育がしっかりしているのですね」

そう心底感心したように喋《しゃべ》るのは、眼鏡《めがね》をかけた怜悧《れいり》そうな顔立ちの女性だ。

この店の副店長、和奏《わかな》である。

「……………」

一方、話し掛けられた男性の方は、ジッとルナの姿を見詰めたまま黙っている。

「……店長？」

「……え、あ、はい。そうですね。頼もしい限りです」

和奏が首を傾《かし》げながら再度問えば、彼は慌てて返答をした。

適度な長さで切り揃《そろ》えられた黒髪は、セットしなくても無精《ぶしょう》な印象は与えない、そんな髪型をしている。

上はワイシャツで、ネクタイはなし、下はスラックスにウォーキングシューズ。

清潔感がありながら、運動的《アクティブ》でもある、爽《さわ》やかな印象が窺《うかが》える恰好だ。

顔立ちは、まだ若さを残しながらも、大人の風格を漂わせている。

彼はこの店の店長——28歳の釘山《くぎやま》一悟である。

「本当に……頼もしい限りです」

そう呟く一悟の眼差しは、どこか訝《いぶか》るような、不安を孕《はら》んだようなものだった。

ルナの働きぶりに文句はない。

むしろ、アルバイト離れした仕事ぶりは、問題なく高評価を付けられるくらいだ。

では、何故《なぜ》一悟が、気が気でないのか。

その理由は、別のところにある。

※　※　※　※

――ごめんなさい、イッチ……でも私、諦《あきら》められない。


「………」

……先日の、バックヤードでの一件を思い出す。

営業中の店の、人目に付かぬ場所。

駆け寄ってきたルナに、唇《くちびる》を奪《うば》われた――キスを交わした日の事を。

それだけで、一悟の思考回路は熱を持ち、意識を失いかけてしまう。

ルナがこの店で働いている事に関し、一悟が平常心ではいられない理由。

それは、どのタイミングで彼女からの強いアプローチが来るか、分からないという点だ。

まるで、いつ爆発するか分からない爆弾を、四六時中抱えているような心持ちなのである。

『では、釘山君。先日は、お願いしておいたデータの統計、ありがとう。非常に助かったよ』

「いえ、お役に立てて良かったです」

そんな日々の中でも、一悟は仕事をきちんとこなしていく。

（……しかし、重大な悩《なや》みを抱えながらも、しっかり業務を遂行《すいこう》できているあたり、仕事人間である自分を優秀と評価するべきか、呆《あき》れるべきなのか……）

何はともあれ、エリア部長とのオンライン会議を終えた一悟は、一息つくため事務所を出て、休憩室《きゅうけいしつ》へと向かう。

頭を使ったので、糖分《とうぶん》が欲しい。

（……カフェオレでも一杯）

と思いながら、休憩室のドアを開ける。

すると、そこに先客がいた。

誰あろう、ルナだった。

思わず、心臓《しんぞう》が跳《は》ね上がる。

「あ、店長、お疲れ様です」

「あ、ああ」

平常心を意識し、冷静に受け答えしようとしたが、そこで一悟は気付く。

時刻は夕方過ぎ、売り場も落ち着いている。

朝から出勤している社員の中には退勤《たいきん》する者もおり、店員も客数も少ない時間帯だ。

そして今、休憩室には他に人間がいない。

偶然にも、二人きりの空間になってしまっている。

（……まずい……）

一悟の脳裏《のうり》に、先日まで何度も見た、小悪魔《こあくま》チックな笑みを浮かべたルナの顔が思い返される。

彼女の事だ。

周りに人の気配がないのをいい事に、また何かちょっかいを……。

「店長」

そこで、だった。

どうやら、数十秒ほど自分の世界に没入《ぼつにゅう》してしまっていたらしい。

気付くと、いつの間にかルナが真横に移動していた。

「はい」

ルナが、手に持ったコーヒーカップを差し出してくる。

中に、淡《あわ》いブラウンの液体が湯気《ゆげ》を立てて揺蕩《たゆた》っている。

甘い匂《にお》いがする。

カフェオレだ。

どうやら、今し方コーヒーサーバーで淹《い》れてくれたようだ。

「休憩ですよね、どうぞ」

「あ、ありがとう……」

「じゃあ、私は休憩時間終わりなので、失礼します」

「あ、ああ」

そう言って、ルナは普通に休憩室から出て行った。

思わず、一悟は拍子《ひょうし》抜けする。

「……あれ？」

『……イッチ』

当惑《とうわく》が、頭の中を埋《う》め尽《つ》くす。

落ち着け、落ち着け、と、心の中でその言葉を繰り返し続けても、まったく思考に反映がされない。

早鐘《はやがね》のように高鳴り続ける、心臓《しんぞう》の鼓動《こどう》。

国語辞典に例文として載せても問題ない程の、正に【混乱《こんらん》】状態だ。

そんな一悟《いちご》に向かって、真《ま》っ直《す》ぐ、ルナが駆け寄ってくる。

『え……』

いきなりのことだった。

まともに反応などできるはずがない。

互いの距離が一気に縮《ちぢ》まる、わずか一秒弱の間の出来事。

ルナは駆け寄るそのままの勢いで、一悟の顔へと、自身の顔を近付け――。

――彼女の唇《くちびる》が、一悟の唇に触れた。

「うわぁっ！　……」

瞬間《しゅんかん》、声を上げ、一悟は飛び起きる。

大きく見開かれた目に飛び込んできたのは、見慣《みな》れた社宅《しゃたく》の白い内壁。

静寂《せいじゃく》に満ちた部屋の中。

カーテンの隙間《すきま》から差し込む朝日が、薄闇《うすやみ》の一部を切り取るように照らしている。

そんな状況下で数瞬呆《すうしゅんほう》けた後、一悟は自分がベッドの上にいることを認識し、思い切り溜息《ためいき》を吐いた。

「夢か……」

ここ最近、何かにつけあの日の光景が何度もリフレインされる。

言うまでもなく、ルナにキスをされた日の事だ。

それだけ、自分にとっては衝撃的な……簡単には無視できない出来事だったのだ。

初恋の人にそっくりな、その実の娘。

高校一年生の女子高生に、唇を奪《うば》われたのだから。

「……まったく」

もう少し、心に余裕《よゆう》を持てないものか。

社会人として、28歳の大人として、情けない。

自身に呆《あき》れるように嘆息《たんそく》し、一悟はベッドから足を下ろす。

立ち上がり、軽く背筋《せすじ》を伸ばすと、朝の準備を始める。

今日も仕事だ。

いつもは、起きたばかりの頭には若干眠気《じゃっかんねむけ》が残っているので、完全に目が覚めるまでスマホを弄《いじ》ったりしているのだが、衝撃的な夢のせいでそんなものは吹っ飛んでしまった。

この家の寝室は一階にあるので、部屋を出てそのままリビングへと向かう。

そして、リビングに併設《へいせつ》されたシステムキッチンに入り、朝食の準備を始める。

トースターに食パンをセット。

同時にコーヒーメーカーの電源を入れる。

近所にある、行き付けのカフェで販売しているコーヒー粉、それとミネラルウォーターを投入し、ドリップを開始。

準備が終わると、リビングに戻りテレビを点け、朝のニュースをチェックする。

時事情報、それに天気予報も確認は欠《か》かせない。

リアルタイムで世間の変化と需要を把握《はあく》し、店舗運営に反映させる事が重要だ。

そうこうしているうちに、キッチンの方からトーストとコーヒーができあがった事を告げるアラーム音が聞こえる。

一悟は木製のベーカートレイの上に、トーストとマーガリン、ブルーベリージャム、淹《い》れ立てのコーヒーが注がれたマグカップ（ミルクと砂糖《さとう》入り）を載せ、リビングのテーブルへと運ぶ。

「いただきます」

ブラジルから仕入れているという本場のコーヒー独特の、苦みの混じった香りが味覚と嗅覚を満たす。

そうして手早く朝餉《あさげ》を済ませると、一悟は食器を片付け、続いてシャワーを浴びに浴室へ。

「ふぅ……」

熱気と湿気に満たされた浴室内。

熱いお湯を頭から浴びながら、一悟はやはり、先刻の夢の内容を思い出していた。

と言っても、ただ困惑《こんわく》しているわけではない。

冷静に、自分の心を分析し、整理するためだ。

「……」

あの彼女の本気の行動に、一悟自身、圧倒《あっとう》されてしまっているのは事実である。

彼女の中には、追い詰めたり溜《た》め込みすぎたりすると、大爆発を起こす爆弾《ばくだん》が眠っている。

それを刺激《しげき》しないのは当然なのだが……それ以前に、どう接してよいのか、どう関わるべきか、未だに正解を導き出せていない。

だから店舗でも、彼女に対しよそよそしいというか、無視しているわけではないのだが、素《そ》っ気《け》ない態度を取ってしまっているかもしれない。

「……悩《なや》ましいな」

簡単には解決しない問題。

正攻法《せいこうほう》の見えない課題。

そういったものには、仕事を通して何度も挑戦し、慣れていると思っていたのだが……ここにきて、自分の経験値不足を実感することになった。

恋というものに対しての、だ。

「……しっかりしろ」

そこで、一悟は自身の頰《ほお》を両手の平でパシパシと叩《たた》く。

頭の中に沈殿《ちんでん》して、いつまでも滞《とどこお》ってしまっている以上、向き合わなければならない現実だが、そればかりを意識していても仕方がない。

社会人として、切り替える時には切り替えねば。

まずは、自身の社会的な役割と役務を果たす。

そう今一度結論を出した一悟は、浴室から出ると仕事着を着込む。

そして、仕事道具のパソコンや書類関係の入った鞄《かばん》を持ち、家を出た。

自家用の軽自動車に乗り込み、職場へと向かう。

※　※　※　※　※

「すいません、店長」

そんな、懊悩《おうのう》に満ちた朝を迎えた一悟の不安を的中させるかのように。

その日の仕事中、問題のルナに話し掛けられる事態がやって来た。

バックヤードにいたところを、偶然《ぐうぜん》通り掛かった彼女に声を掛けられたのだ。

「あ、ル……星神《ほしがみ》、さん」

当然、今日もアルバイトの制服に身を包み、長い黒髪を一つに束《たば》ねた姿のルナ。

私服姿の彼女とは一風変わった、新鮮でかわいらしい姿も――もう見慣れたものである。

しかし、彼女と直面し、一悟はまたしてもドキッとしてしまい、思わず声が上擦《うわず》る。

無論《むろん》、ルナの姿に見惚《みと》れたからだとか、そんな理由ではない。

加えて、今は周りに誰もいない。

必然的に、一悟の警戒心も高まる。

――が。

「回収した使用済み電池は、どちらで処分すればよろしいでしょうか?」

ルナが尋《たず》ねてきたのは、そんな業務的な質問だった。

「あ、ああ、それなら……バックヤード奥の荷受け管理口付近にある、ゴミ収集所だよ。電池は電池で、分別ボックスがあるから、そこに入れておけばいい」

「ありがとうございます！」

一悟が荷受け口の方角を指さしながら言うと、ルナは元気にお礼を言う。

いつも仕事、売り場でお客さんに見せているような、可憐《かれん》な笑顔。

しかしどこか、業務的とも思える笑顔を向けた後、ルナはその場から立ち去っていく。

「……」

……やはり今日も、彼女の一悟への態度は普通だ。

人目のない、二人きりのシチュエーションだからといって、あの時のような熱烈《ねつれつ》なスキンシップを見せてくる……というわけではない。

本当に、あの唇を重ねた日を最後に、彼女からのアプローチが完全になくなってしまった。

そんな素振《そぶ》りすら見せなくなった。

一介《いっかい》のアルバイトとして、仕事にはまじめに取り組み、一悟ともちゃんと適切な距離を保っている。

（……〝適切〟？）

……いや、これは、この態度は、〝適切な距離〟――なのだろうか？

むしろ、他人行儀《たにんぎょうぎ》というか、素っ気《そけ》なさ過ぎるというか……。

冷たい……とまでは言わないが。

（……僕《ぼく》の、意識し過ぎなのかな？）

というより――と、一悟はそこで、少し悲惨《ひさん》な方向に思考の矛先《ほこさき》を変えてみた。

もしかしたら、もう既《すで》に、彼女の心理は自分が思っているようなものではなくなっているのでは。

つまり、先日のキスで、彼女の中で何かが吹っ切れたとか。

もしくは自分の知らないところで、彼女の心情を大きく変化させるようなイベントがあったとか。

（……だから、そういう心境《しんきょう》の変化があったとするなら……）

即《すなわ》ち。

――もう彼女は、一悟の事を何とも思っていないのでは？

――一悟への恋心も興味も、もう綺麗《きれい》になくしてしまったのでは？

「………」

なんだろう。

そう考えた瞬間……少し、心がズキリと痛んだ。

まるで、失恋《しつれん》でもしたかのように……。

「……って、僕は何をっ」

がっかりしているのか？

残念に思っているのか？

ルナの、自分に対する好意が失われて？

一体、何様だ。

信念がブレているにも程があるだろう、自分は。

あの日、ルナに偉《えら》そうに言った言葉は何だったんだ。

突如《とつじょ》浮かんだ悲痛な発想と、それに対する克己心《こっきしん》のなさに、一悟はたまらず心の中で己《おのれ》を叱咤《しった》する。

そこで――。

「……ん？」

気付く。

数メートル先。

自分の前から立ち去って行ったはずのルナが、こちらを振り返って、一悟の事を見ていたのだ。

突然、思案に耽《ふけ》り始めた彼を、胡乱《うろん》に思って見ていたのだろうか？

いや――。

「あ……」

一悟が気付くと、ルナはすぐに顔を背《そむ》けて走り去っていった。

まるで、逃げるように。

（……気のせい、か？）

一悟は思う。

ルナと目が合った瞬間、彼女が頬を赤らめ、それを隠すように慌《あわ》てて駆け出した……ようにも見えた、気がしたのだ。

※　※　※　※

――時間は、その日の昼頃にまで進む。

「店長、注文した出前の昼食が届いていますので、お早目に」

「あ、分かりました」

事務所の自席で作業を行っていた一悟に、副店長の和奏《わかな》が声を掛けてくる。

自前の弁当等がない社員は、昼食を出前で発注しているのだ。

腕時計の時針を見ると、12時30分が示されている。

「じゃあ、いいタイミングなので、このまま昼休憩《きゅうけい》に入りますね」

「はい、かしこまりました」

和奏に伝え、一悟は事務所を出る。

そしてそのまま真《ま》っ直《す》ぐ、休憩室へと向かった。

　すると、休憩室の中では、ちょうど何人かの店舗メンバーたちが食事中だった。

「あ……」

　思わず、一悟は動きを止めてしまう。

　その中に、ルナの姿があったのだ。

　テーブルの一つに着き、手元には弁当箱を置いている。

　言うまでもなく、彼女自作の弁当だ。

　そして、そんなルナの周りを、同じく休憩時間の被《かぶ》った女子大生アルバイトや、パートのおばちゃんたちが囲んでいる。

「しかし、本当に綺麗ね、ルナちゃん」

　一悟は休憩室に入れず、入り口付近に身を隠し、中を覗《のぞ》き見る。

　どうやら、皆で楽しく談笑《だんしょう》している雰囲気《ふんいき》だ。

「髪も肌《はだ》も、よくお手入れされてるし、本当に羨《うらや》ましいわ」

「ありがとうございます、嬉《うれ》しい」

　ニコニコと、ルナが照れくさそうな笑みを浮かべる。

　純粋《じゅんすい》であどけない笑顔は、本当に心から喜んでいるようで、嫌味《いやみ》がない。

「あら、あたしだって昔はルナちゃんくらいイケてたわよ」

「はいはい、あんた若い娘が入ってくる度に同じ事言ってるでしょ」

インテリア売り場の担当で、ルナとも仲のよい主婦パートの園崎《そのざき》が、仲間の発言に忌憚《きたん》なく突《つ》っ込《こ》む。

そんな感じに、おばちゃんたち特有の空気に交じりながら、けれど気後《きおく》れすることもなく、世間話に花を咲かせているようだ。

世代も関係なく、誰とでも交流できているあたり、彼女のコミュニケーション能力の高さが窺《うかが》える。

「あ、あの、星神さん！」

するとそこで、少し離れた席から彼女たちの輪をチラチラと見ていた、一人の体格のよい青年が近付いてきて、声を掛けた。

男子アルバイトの青山《あおやま》である。

「今日、確かシフトは、17時までだよね」

「あ、はい」

流石《さすが》、体育大学の学生だけあって、声が大きい。

しかし、少し勢いが強過ぎるというか……鼻息《はないき》の荒《あら》い彼の声音や動きに、ルナもちょっと困《こま》り顔である。

「自分も17時上がりだから、その、よければ退勤《たいきん》した後なんだけど、一緒《いっしょ》に夕飯《ゆうはん》でもどうかな？　と思って」

「え？」

どうやら、ルナを誘おうとしているようだ。

「美味《うま》いラーメン屋があるんだ、おごるよ」と迫る青山に、ルナも多少苦笑いをしながら、言葉を探している様子だ。

しかし、残念ながら誰がどう見てもナンパである。

「あんたさ、なに高校一年生の女の子口説《くど》こうとしてんのよ」

「下心が見え見え」

と、同席していた女子大生アルバイトたちから非難囂々《ひなんごうごう》、声が返ってくる。

「う、うるさいな、自分はそんなつもりじゃ……」

「ていうか、15歳の女の子にちょっかい出そうとしてるとか普通にやばいよ？」

「気を付けてね、ルナちゃん。こいつ、誰にでも声掛けてくるから。うちらも、ここに入った頃に同じ手使ってきてるから」

「普段出会いがないからってがっつきすぎ」

容赦《ようしゃ》のない集中砲火《しゅうちゅうほうか》を浴びて、大ダメージを受けまくる羽目《はめ》になってしまった。

（……青山君、不憫《ふびん》……）

でもあれはあれで、周りから可愛《かわい》がられていると言えば可愛がられている、愛されていると言える扱《あつか》いなのである。

そんな彼等のやり取りを見て、ルナも「あははは……」と、さりげなく笑っている。

そこで。

「そういえば、ルナちゃんは今好きな人とかいないの？」

不意に、園崎が彼女に尋ねた。

会話の内容が、恋愛の話題に突入する。

入り口付近に身を隠している一悟にも、緊張が走った。

「そういえば、ルナちゃん姫須原《ひめすばる》高校だから、女子高だし出会いはないよね」

「他の学校の子とか」

「もしくは、学校の先生とか？」

と、女子大生アルバイトの一人が言うと、主婦パートの皆さんがオーバーリアクションで声を上げ始めた。

「えー、教師？　ダメダメ」

「生徒に手を出すような男なんてダメでしょう」

「しかも、子供相手に」

「最低」

………。

別に、そういう意図《いと》があって言っていないのは分かっているが。

おばちゃんたちが口にする言葉の数々が、一悟の心に刺さりまくる。

一方、ルナはそんな彼女たちの発言を、相変わらず苦笑いをしながら聞いていた。

「あはは……でも」

しかし、そこで、ルナが少し顔を俯《うつむ》かせ。

頬を若干朱《しゅ》に染めながら、ぼそりと呟《つぶや》いた。

「私は、なんだか憧《あこが》れます……禁断《きんだん》の恋愛っぽくて、いいかなって」

突如、そう言ったルナの表情を見て、周りが「おやおや？」と何かに気付き始めた。

「お、その感じ、実は気になる人がいるとか？」

そう聞かれると、ルナは少し沈黙《ちんもく》し、モジモジしながら。

「……はい。実は、います」

そう、答えた。

「ちょっと年上で、素敵《すてき》だなって思う人が」

ルナのその発言に、主婦パートたちも女子大生アルバイトたちも、「へー」「きゃー」と盛り上がる。

一方、一悟は息を呑《の》む。

彼女の言っている人物とは、おそらく……。

「そうなんだ、ちなみに、その人には想いは伝えたの？」

「いえ、それは……」

主婦パートの一人が興味津々《きょうみしんしん》に尋ねると、ルナは歯切れ悪く言い淀《よど》む。

「一応、伝えはしました……けど、問題があって」

ポニーテールに纏《まと》めた毛先を、指先でくるくると弄《いじ》りながら、ルナは瞳《ひとみ》を伏《ふ》せる。

辛《つら》そうな、不安そうな表情だ。

「……その、怖《こわ》いんです」

彼女はおずおずと語り出す。

「相手の方は、既に社会に出ている立派な大人なんです。だから、未成年の私が気安く近付いたりしたら、むしろ迷惑《めいわく》が掛かります」

「え？　もしかして、相手の人って既に結婚してるとか？」

「あ、いえ、結婚はしていませんが……でも、社会的な目や、常識の問題があるので」

その言葉に、周囲も「うーん、まぁねぇ」と、納得《なっとく》の雰囲気だ。

「好きだけど、当然、適切な距離感を保たないといけなくて……それは、分かっているんです。でも、じゃあどうやって接したらいいのか、どこまで近付いていいのか……それも、分からなくて」

ルナの悩みに、周囲も充分共感したようだ。

「分かる分かる」と、皆深く頷《うなず》いている。

「あたしはいいと思うけどね。だって、好きなんだし、しょうがないよ」

腕組みをしながら、園崎があっけらかんと言う。

「あたしがルナちゃんだったら、周りの目なんて気にせずガンガン押し迫るけどね」

「いや、そんな単純な話じゃないでしょ」

と、他の主婦パート。

「でも、意外だよね、ルナちゃんにそんな悩みがあったなんて。意外というか、ギャップがあるっていうか」

「清楚《せいそ》なお嬢様《じょうさま》が禁断の恋に悩んでるなんて、ちょっとドキドキする」

「背徳《はいとく》的～」

女子大生アルバイトたちも、そんな感じで盛り上がっている。

その一方。

「あれ？　青山？」

「………」

「ダメだ、息してない」

ルナの恋心が判明し、ショックを受けた青山は、呆然《ぼうぜん》と立ち尽くしていた。

「何こいつ勝手に燃え尽きてんの？」

「最初から勝機なんてなかったんだから、気にすんなよ」

と、女子大生アルバイトたちに慰《なぐさ》められている。

（……青山君、不憫《ふびん》……）

苦笑し、一悟は壁に背を預ける。

「………」

ルナの語った恋物語。

その内容は、一悟にとっては別の言葉に聞こえていた。

（……あれは、彼女の本心だ）

やっと分かった。

理解した。

彼女は彼女なりに、一悟と適切な距離を保とうとしているのだ。

以前、一悟が彼女に言い聞かせた『適切で、健全《けんぜん》な関係性を築こう』という言葉を、ちゃんと守って。

心の中に消え失せる事の無い恋心を抱きつつも、一悟の事を考え、その約束を履行《りこう》しようとしている。

その上で、恋の成就《じょうじゅ》も願っている。

だから、分かっていても、一悟にどこまで接近すればいいのか、どんな風に距離感を構成すればいいのか思い付かず、葛藤《かっとう》しているのだろう。

それゆえの、あのよそよそしさ。

不自然な態度が多かったのは、そのためだったのだ。

「あ、もうそろそろ休憩時間終わりだ。失礼《しつれい》します」

ルナのそんな声が聞こえ、一悟は慌てて近くの柱の陰に隠れる。

そして、彼女が売り場へ向かうのを見送ると、入れ違いに自身も休憩室へと入る。

「店長、お疲れ様です」

「お疲れ様です」

先程までルナと会話をしていたメンバーたちと挨拶《あいさつ》を交えながら、用意されていた昼食を取る。

（……彼女は、ちゃんと考えていた）

世の中なんて関係ない、常識への配慮《はいりょ》なんて気にしない。

己の中で燃える熱烈《ねつれつ》な想いを、一悟に届けたい。

それがただの身勝手《みがって》な暴走だと理解し、彼女は彼女で、本気で、真剣に考えていたのだ。

（……反省しなくちゃいけないな）

一悟は自省する。

と同時に、それだけではダメだと理解し、冷静に思考を開始する。

確かに今の関係性は、以前までに比べれば安全だ。

ルナは自身の本心を抑《おさ》えて、次の正しい行動を思い付くまで、タイミングを見計らっている。

だが、先が見えない。

この状況をいつまでも続けるのは、それはそれで心配だ。

あまりにも強要し過ぎると、彼女の心が傷付いてしまうかもしれない。

そう、彼女が行方不明《ゆくえふめい》となった、あの日のように――。

そして、もしも壊《こわ》れてしまったら――。

※　※　※　※

――時は過ぎ、夕方の五時。

ルナの退勤時間が訪れた。

休憩室奥の更衣室《こういしつ》から、着替えを済ませたルナが出てきた。

「あ、星神、さん」

今日は学校が休みで一日仕事だったので、私服姿である。

待ち構えていた一悟が、そんな彼女に声を掛けると、ルナはびっくりしたように体を跳《は》ねさせて振り返った。

長い黒髪が、ふわりと宙《ちゅう》で弧《こ》を描き、清潔感のあるシャンプーの匂《にお》いを漂《ただよ》わせる。

同時に、制汗剤《せいかんざい》の爽《さわ》やかな匂いも香った。

「あ……え、ええと」

突然、一悟の方から話し掛けてきたことに、彼女も困惑しているのだろう。

ルナは数秒、言葉を濁《にご》らせると――。

「な、なんでしょうか、店長」

いつも通りの、他人行儀な笑顔を浮かべて、一悟に相対《あいたい》した。

「……ええと、その」

一悟も言い淀む。

話さなくちゃいけない。

彼女の意図が分かった今、何かを話さないと。

でも、上手《うま》く言葉が出てこない。

なんと、言えばいい。

なんと、会話の口火《くちび》を切ればいい。

「……今日は、お疲れ様、またよろしく」

結局、その場を掃除係の職員が偶然通り掛かったため、慌てて社交辞令《しゃこうじれい》の挨拶を発するだけに終わってしまった。

「あ、はい、お疲れ様です」

ルナもぺこりと頭を下げ、一悟に背を向ける。

その場を立ち去り、休憩室から出て行く。

「……………」

……しかし。

彼女が休憩室の入り口に差し掛かったところで、だった。

「あの」

意を決したように、ルナが振り返る。

その眼は、何かを訴《うった》えるような、縋《すが》り付くような、そんな眼をしている。

一悟に、何かを伝えたい、声を上げたい、そう理解できる。

……しかし、すぐにか細い声になり。

「つ、次のシフトの希望は、どなたにお渡しすれば？」

そんな言葉が紡《つむ》ぎ出された。

「あ、ああ、Ｆ　Ｌ《フレンドリー》ラインマネージャーの押方《おがた》さんか、押方さんが不在なら副店長の和奏さん、もしくは管理ラインのメンバーに渡してもらえれば大丈夫《だいじょうぶ》だよ」

「分かりました、ありがとうございます、お疲れ様でした」

そう言い残し、ルナは帰って行った。

「……………」

……結局、何も話せなかった。

残された静寂の中、立ち尽くした自身の姿が身だしなみチェック用の鏡《かがみ》に映る。

自分の情けなさを、克明《こくめい》に浮き彫りにされた気分だった。

「……仕方がない」

今は、夕方の五時。

一悟の退店予定時間は、八時頃。

仕事が終わったら、電話を掛けるとしよう。

そう結論を出しながら、一悟は髪を掻《か》く。

――そこで、先日の事を思い出した。

ルナを拒絶し、彼女を突き飛ばした日の事。

ショックを受けた彼女は一悟の家を出て、その翌日から音信不通《おんしんふつう》になってしまった、あの日の事を。

「……違う」

ダメだ。

話すべき時に、話したい時に、すぐに話さなければ。

今伝えないと。

都合《つごう》よく思い描いた『次』なんてものが、確実に来るなんて保証はどこにもない。

──あの海で、『来年の夏も、また一緒に来よう』と交わした朔良《さくら》との約束だって、結局叶《かな》わなかったじゃないか。

痛みを伴《ともな》うほどに、体験したはずだろう。

一悟は走り出す。

休憩室を出て、バックヤードを真っ直ぐ。

社員用の入退店口へと、ひたすらに。

「ルナさん！」

「え……あ」

勢いよく声を掛けられ、ルナはびっくりして振り返る。

大きく見開かれた両目が、息を荒《あら》らげる一悟に向けられる。

「あ、ええと……」

胸に手を当て、呼吸を整えながら、一悟は意を決する。

「ルナさん」

これで二度目。

随分《ずいぶん》と久《ひさ》しぶりに、彼女を下の名前で呼んだ。

ルナが息を呑んだのが、分かった。

「ルナさん、ごめん……今日、昼休憩の時に、君たちの話を聞いていたんだ」

「え……」

「君も、分からないんだろう？　僕との、適切な距離が」

一悟の言葉に、ルナは動揺《どうよう》したのか、視線を逸《そ》らす。

「……それは」

「心配なんだ」

どう言えばいいのか分からない。

どう切り出せばいいのか分からない。

だから、まず、率直《そっちょく》な気持ちを伝えることにした。

言い訳のしようもないほど、先日の彼女と同じだ。

「また君の心が、追い詰められてしまっているんじゃないかって」

「……………」

ルナが、グッと、自身の服の裾《すそ》を握《にぎ》った。

本心を言い当てられ、彼女も苦しいのかもしれない。

「二人きりの時なら、大丈夫だ」

そんな、苦しげなルナの姿を見て、一悟は言う。

その言葉に、ルナは顔をぱっと上げた。

「いつ誰に見付かるか分からない、そんな場所じゃダメだけど。閉ざされた二人きりの空間なら、前までみたいな、素直《すなお》な君の姿で構わない……本心を明かして、頼《たよ》ってくれていい」

「……イッチ」

――呪《のろ》いが解けた音にも聞こえた。

彼女がその呼称で、その綽名《あだな》で、一悟を呼んだのだ。

しばらくの間、二人は黙《だま》って向かい合う。

視線を逸らし、この突如訪れた展開に、互いに次の行動を探している。

もどかしい。

(……伝えるべきことは、伝えた)

そして、提案もした。

彼女の意思に任せよう。

一悟は次の一手を、次の一言を、ルナに譲《ゆず》ることにする。

「今日、お仕事が終わったら……」

やがて、ルナが口を開く。

おずおずと、まだ少し他人行儀な言葉遣いで。

けれど、偽《いつわ》りの仮面《かめん》を外し、心から希《こいねが》う、そんな想いが宿った声で、一悟に問い掛けてくる。

「私の家に、来てくれますか？」

※　※　※　※　※

――閉店の時間を迎え、他の社員は全員店からいなくなった。

諸々《もろもろ》の報告や作業が済み、一悟も本日の業務を終わらせ、退勤の打刻《だこく》を済ませる。

そして帰宅の為《ため》の準備を終えると、後の戸締《とじま》りを警備員に任せ、店を出た。

一悟は屋上駐車場の車に乗り込むと、そのまま、ルナの家へ向けて走らせる。

「……ふぅ」

ハンドルを握りながら、深呼吸をする。

少し、緊張しているのが自分でも分かる。

だが、逸《はや》る気持ちに任せて、事故を起こすわけにはいかない。

平常心を意識し、安全運転を心掛けながら、車を走らせること数十分――。

一悟の車は、駅やバス停等の交通機関が密集する場所から比較的近い、人通りの少ない区域へと到着をした。

そこに建てられた、そこそこ見栄《みば》えのよい高級マンション。

久しぶりにやって来た、ルナの住むマンションだ。

近くのコインパーキングに車を停め、エントランスを通り、部屋番号を指定してチャイムを押す。

家主の許可が下りると、自動ドアが開く。

二階への階段を上る。

「あ……」

階段を上ってすぐの部屋。

既にドアを半開きにして、彼女が出迎えてくれていた。

「お帰り、イッチ」

ルナだ。

店に来た時と、恰好《かっこう》が変わっている。

別の私服に着替えたようだ。

以前、ショッピングモールで待ち伏せをされ、突発的デートへと発展した時と同じものである。

（……部屋着じゃなくて、完全に外行き用の服じゃないのかな）

意識してお洒落《しゃれ》をしているようにも思える。

何より、その顔。

少し上気《じょうき》した頬に、綻《ほころ》んだ口元。

嬉しいという感情をまるで隠すことができていない、その表情。

魅力《みりょく》的で、微笑《ほほえ》ましくて、一日の疲《つか》れが嘘《うそ》のように癒《い》やされる。

「今日も、お仕事お疲れ様でした」

「あ、ああ」

「はい、上がって上がって」

言いながら、ルナは一悟の手を取り、ぐいぐいと引っ張る。

まるで、帰宅した主人に飛び付いてくるペット。

それとも、父親の帰りを待ち構えていた子供か？

……もしくは、恋人の来訪を今か今かと心待ちにしていた、乙女《おとめ》のようだ。

（……いや、それはそのまま過ぎる）

あまりにも直線的な表現を思い浮かべてしまった事に、一悟は色んな意味で恥《は》ずかしくなった。

何はともあれ、部屋へと上げてもらう。

リビングとシステムキッチンが隣接《りんせつ》した、女子高生が一人で暮らすには少し広めの部屋。

これもまた、久しぶりの光景だ。

部屋の隅《すみ》を見ると、一悟が手作りしプレゼントした、ビンテージデザインのカラーボックスが置かれている。

「え？」

そして、それらを見回した後、一悟の目に飛び込んできたのは、テーブルの上に用意された大量の料理の数々だった。

ご馳走《ちそう》である。

「どうしたんだい？　こんな品数」

「お腹空《なかす》いてるでしょ？　食べて食べて」

胸の前で手を合わせながら、ルナは言う。

何とも健気《けなげ》だ。

「前は、結局手作りのお料理をご馳走できなかったから。今日は遠慮《えんりょ》なく食べてください」

「………」

一悟は、改めて机上の品々を見る。

そこに並ぶのは、彼女が一生懸命《いっしょうけんめい》作ったのであろう料理の数々。

品数も豊富で、使われている素材の質もよさそうだ。

一人暮らしの女子高生が常備している食材――とは思えない。

きっと、一悟が来ると決まった時点で急いで買い出しにも行ったのだろう。

彼女が、自分のために気合を入れて用意してくれたのは、素直に嬉しい。

けれど――。

「大丈夫なのかい？」

そんな心配の気持ちを抱いてしまうのも、事実だった。

「その、財政的には」

対し、ルナはまるで気にしていないというように、変わらず眩《まばゆ》い笑顔を向けてくる。

「大丈夫だよ」

「もうすぐお給料日だし。出世払《しゅっせばら》い、出世払い」

……その使い方は大分間違《だいぶんまちが》っている。

なんだか、いつもの彼女よりもハイテンションだ。

心の底から楽しそうである。

また自分が家に来たのがそんなに嬉しいのだろうか、と、彼女を愛《いと》おしく思う。

だが、一方。

「ルナさん。本当に、大丈夫かい？」

言い過ぎかもしれないが、そんな彼女の暴走状態を、冷静に心配する一悟もいる。

今日まで、時間にすると短いが、彼女とは濃密《のうみつ》な交流を経《へ》てきた。

ルナの本質、性格、人格のようなものを、ある程度は把握している。

「……だい、じょうぶだよ」

そんな一悟の、本気の心配に、ルナは目線を逸らす。

若干、口調が歯切れ悪くなったのが分かった。

「実家から、生活のための仕送りみたいなものはもらっているのかい?」

何せ、彼女は女子高生の一人暮らし。

生活費も、このマンションの家賃も、当たり前だが現在の彼女の保護者が払っているはずだ。

「ええと……あのね……」

ルナは、言い淀み、口元をもごもごとさせる。

しかし、やがて、一悟の真剣な眼差《まなざ》しを受けて、観念《かんねん》したのだろう。

正直に言う気になったようだ。

「……おじいちゃんたちには、アルバイトを始めたから、仕送りは減らしてくれて構わないって言っちゃった」

「………」

無理をしている。

以前にも言っていた、優等生のふり、か。

いや、ふりなんて言うのは酷《こく》だろう。

ルナはルナで、天涯孤独《てんがいこどく》になりながらも、何とか一人で生きていくために。

とくに、父の死後は女手《おんなで》一つで彼女を育て、不慮《ふりょ》の事故で亡《な》くなった母親――朔良のために、周囲を失望《しつぼう》させないような生き方を心掛けているのだ。

一悟は嘆息《たんそく》を漏《も》らす。

無論、呆れてのものではない。

彼女の生真面目《きまじめ》過ぎる性格に、ある意味毒気《どくけ》が抜かれたような、そんな感覚に陥《おちい》ったのだ。

「給料日まで、まだ少し日数があるだろう」

言いながら、一悟はポケットから財布《さいふ》を取り出す。

そして、その中から一万円札を二枚抜き出すと、純粋な厚意《こうい》をもってルナに差し出した。

「今日の食費分。余った分は、生活費に使うといい」

「え、わ、悪いよ！　そんなつもりじゃ……」

慌てるルナに、一悟は微笑みを返す。

「いいんだ。そもそも、僕は最初に君に言ったじゃないか」

ルナと初めて出会った日の夜。

朔良の面影《おもかげ》を残す彼女に、一悟は言ったのだ。

『困ったことがあったら、なんでも頼ってくれ。僕が助けになるから』

……まぁ、その発言の結果、彼女は一悟の恋人になると押し迫り、今日までの悩ましくも騒《さわ》がしい日々が始まる切っ掛けとなってしまったのだが。

ともかく、彼女の助けになる。

それが最初の約束だった。

だから、何も問題はない。

……いや、よくよく考えてみたら、社会人の男が女子高生に現金を渡すという光景、それ自体が結構まずいのかもしれない。

いや、やましい気持ちはないのだから、気後《きおく》れする必要などどこにもない。

と思うが、どうにも道徳観《どうとくかん》のようなものがざわつくのも事実だ。

「ええと、でも……」

それでも、真面目なルナは、一悟の差し出した紙幣《しへい》を受け取る事を躊躇《ちゅうちょ》する。

けれど、幾度《いくど》かの押《お》し問答《もんどう》を繰り返した後。

「……うん、分かった、ありがとう、イッチ」

決心がついたのか、一悟の施《ほどこ》しを受け取った。

「ありがたく頂戴《ちょうだい》いたします」

「ああ」

「でも……使うのは、本当にどうしようもない時が来たらにする。それまでは、大事に取っておくね」

「いや、どうしようもない事態に陥る前に使って欲しいな。もしくは、何か欲しいものがあったら、遠慮なく使ってくれてもいいし」

そんなに重く考えなくていい。

というのが、一悟の率直な思いだ。

「じゃあ、大変なことになりそうって予測できた段階か、もしくは本当に心から必要なものができた時まで、取っておく」

真剣な表情で、ルナはギュッと拳《こぶし》を握って見せる。

一悟は苦笑《くしょう》する。

仕方がない——彼女がこういう性格なのは、分かっているはずだ。

融通《ゆうずう》が利《き》かない、ということじゃない。

人からの厚意に対し、自分が納得できる誠意を返したいのだ。

彼女の根本《こんぽん》は、真面目で、優しい、いい子だから。

「ああ、分かったよ。でも、無理はしないようにね」

そう言う一悟に、ルナは微笑みを返す。

さて、そんなやり取りを経て。

「早く早く、冷めない内に」

「ああ、いただきます」

一悟とルナは食卓《しょくたく》を挟《はさ》み、美味《びみ》な料理に舌鼓《したつづみ》を打ちながら、談笑を交える。

「美味《おい》しい？　イッチ」

以前、弁当をもらったことがあったので予想はできていたが、ルナの料理の腕《うで》はかなりよい。

飲食店や専門店なんかの総菜《そうざい》と比べても負けていない味と見栄えだ。

そう伝えると、ルナは「褒《ほ》め過ぎだよ」と照れと喜びの入り混じった笑顔を浮かべていた。

雑談の内容は、主に仕事――職場の話だ。

まぁ、当然と言えば当然の話題だろう。

本当なら、今日までの間に普通に交わしていてもおかしくなかったような、共通の話題の何気ない会話。

そんな会話を、一悟とルナは随分と久しぶりに交えた。

男子アルバイト、青山からの猛烈《もうれつ》なアタックに関しては、彼女も若干困惑していたようだ。

でも、周りの女子大生アルバイトや主婦パートのみんなが守ってくれるので、そこまで気にしてはいないらしい。

「でね、DIYラインで品出ししてる、女子大生アルバイトの大下《おおした》さん、工具担当の宇喜多《うきた》さんと、あまり上手《うま》くコミュニケーションができないんだって」

「へぇ、そうなのか」

また、一悟の知らない社員同士の関係や、仕事の得意不得意、家庭事情なども教えてもらった。

これは、正直にありがたい情報だ。

何せ、正社員から清掃員、上から下まで全て数えれば、400人近い社員の働いている店だ。

人間同士の向き不向き、合う合わないという問題は、どうしても発生してしまう。

「気難しそうで、話し掛けづらいのかな？　怖そうっていう人もいるみたい」

「宇喜多さんは元大工《だいく》さんだ。職人気質《かたぎ》で女性が苦手だからね。でも、別に知らないことがあっても気にせず教えてくれるから、普通に話し掛けてもらえればいいと思うよ」

それを正直に報告し対策を求めてきてくれる者もいるが、気が小さかったり、真面目だったり、目立ちたくないという人間は抑え込んでしまう。

こういった問題が可視化《かしか》されるのは、とても助かる。

また家庭を持つ社員なら子供の進学、学生なら受験や就職に関すること等、上の立場として知っておいた方がいい情報もあった。

（……また、和奏さんとも共有しておかないとな）

そんな風に、楽しく、有意義な時間を過ごす二人。

一悟はルナの顔を見る。

貼《は》り付けたような他人行儀な表情でも、暗く悩みを抱えたものでもない。

彼女の心からの笑顔が戻ってよかったと、心底思える。

「でも本当、心臓《しんぞう》に悪かったよ、君がいきなりアルバイトで出勤《しゅっきん》してきた日は」

「えへへ、ビックリした？」

どれだけの時間が経《た》っただろう。

一悟とルナの会話はしばらく続き、気付けば、そんな話題に差し掛かっていた。

「ああ、ビックリした。何より、その後いきなりキス――」

一悟はルナの顔を見て、言い掛けた言葉を止めた。

あの日のキスの話。

その瞬間、ルナは目を見開き、一気に顔を赤面《せきめん》させたのだ。

一瞬にしてのぼせ上がった彼女は、視線を下へと落とし、黙って俯いてしまった。

「ええと……ルナさん？」

「………」

……どうやら、あのキスの件はルナも恥ずかしかったらしい。

互いに言葉を失う、一悟とルナ。

やがて、一悟が口を開く。

「君も、やっぱり恥ずかしかったのか」

「う、うん、当たり前だよ。私からやっておいて、だけど」

一悟と目を合わせられないらしい。

そっぽを向いたまま、もじもじと、ルナは声を紡《つむ》ぎ出す。

「あれはね、私なりに思い切って……私の本気を伝えたくて、やっちゃったんだ」

やはりあの時、ルナは一種の暴走状態になっていたようだ。

押し殺していた思いが溢《あふ》れ出て、突発的な衝動《しょうどう》に駆《か》られてしまった――と言ったところか。

「でも、やっちゃった後に冷静に考えてみたら……そもそもイッチは大人だから、キスなんてそこまで大したことじゃないはずだし……逆に、私の方が子供っぽ過ぎるというか……そう思ったら、恥ずかしくなっちゃって……今更《いまさら》だけど、ごめんなさい」

その行為に対する照れもあって、一悟を前に普通に接しようと考えると、頭の中が真っ白になってしまうようになったらしい。

今まで、一悟に対して不自然で他人行儀な態度になってしまっていたのには、そんな理由も一つとしてあったようだ。

「そうか……」

その話を聞いて、一悟も平常の顔をしているものの——内心ではかなりドキドキしていた。

彼女は、一悟にとってキスなんて大したことない行為——と思っているようだ。

しかし、実は一悟も、あのキスの衝撃が強く、忘れられずにいた。

（……しかも、今でも夢に見て飛び起きることもあるだなんて——）

そんなこと、到底《とうてい》恥ずかしくて言えない。

結局、ルナが自分に好意を持ってくれているのと同じくらいに、負けないくらいに、自分も彼女に惹《ひ》かれてやまないのだ。

それを今一度、強く、深く、実感できた。

第二章　二回目の共同作業

「え？　怪我《けが》、ですか？」

ある日の事だった。

事務所で仕事中だった一悟《いちご》の元を、本日休みのはずの店舗《てんぽ》メンバーの一人が訪ねてきたのだ。

「はいぃ……ごめんなさい、あたしの不注意ですぅ……」

ウェーブの掛《か》かった黒髪を、肩《かた》に掛かるくらいの長さで切り揃《そろ》えた、20代前半の女性である。

彼女はこの店で働くパート社員の一人で、名を鷺坂《さぎさか》という。

鷺坂はプライベートでも工作を趣味《しゅみ》としており、動画投稿サイトでは手作り加工品の製造工程を撮影して発信するチャンネルなども運営しているほどのＤＩＹ好きだ。

この店では工作室・工作用品の担当者として、工作用品の接客や、定期的に開催される工作教室・レクチャー教室を請《う》け負《お》っている立場である。

そんな彼女が、右腕《みぎうで》に包帯《ほうたい》とギプスをつけて、大分《だいぶん》落ち込んだ表情でやって来たのだ。

「家のガレージを改装していたところ、脚立《きゃたつ》から落ちて腕を骨折《こっせつ》してしまった、そうです」

副店長の和奏《わかな》が鷺坂の隣《となり》に立ち、そう経緯《けいい》を説明する。

You are
the daughter of
my first love.

「そうでしたか。他に怪我《けが》や、何か困《こま》った事はありませんでしたか？」

「あ、はい、骨折もそこまで大したものではなくて、問題なければ三ヶ月くらいで完治《かんち》するだろうって、お医者さんが」

「なるほど、それを聞いて安心しました」

一悟は鷺坂に微笑《ほほえ》みを向け、緊張を解きほぐすような優しい口調で言う。

少なくとも、後遺症《こうしょう》などは残らないらしい。

怪我をしたこと自体は大事《おおごと》だが、完治するという点だけは不幸中の幸いだろう。

ただ……。

「しかし、この時期に鷺坂さんが出勤できなくなるというのは、確かに厳《きび》しいですね」

この店で、工作品関係に関する接客・対応を行うメンバーの中でも、彼女は知識的にも経験的にも、かなり頼りになる社員だ。

「はいぃ……面目《めんもく》ないですぅ」

暦《こよみ》は六月の下旬。

これから一ヶ月後くらいには、世間はいわゆる夏休みに入る。

長期休暇期間になれば単純に来客数が増加することに加え、この機会に以前から気になっていた家具の補修《ほしゅう》や家のリフォーム、興味のあったガーデニング等の造園に挑戦しようという人も多い。

必然、接客の機会も増える。

ここでの彼女の戦線離脱《せんせんりだつ》は、戦力的になかなかの痛手《いたで》というのが正直な感想だ。

「質問に対する回答くらいならできますが、何かを持ったりできないので品出しも加工作業もできませんし……あうぅ」

「いえいえ、事故ですから。仕方がないことです。落ち込まないでください」

しょぼんと首《こうべ》を垂《た》れる鷺坂の頭上には、暗雲《あんうん》が淀《よど》んでいるようにも見える。

そんな彼女を、一悟は慰《なぐさ》める。

「何とか、今いる人間で対処しますので。鷺坂さんは気にせず、怪我《けが》の療養《りょうよう》に努《つと》めてください」

「はいぃ……」

鷺坂は申し訳なさそうにぺこりと頭を下げると、事務所から帰って行った。

その姿を見送り終わると、和奏が一悟を振り返る。

「如何《いかが》いたしましょう？　店長」

「そうですね……」

顎《あご》に手を当て、真剣な面持《おもも》ちで、一悟は熟考する。

専門的な技能・知識を要する仕事を行っている社員が前線から離脱した場合、正社員か長時間勤務パートをフォローに回すのが一番確実だろう。

しかし、となるとそれはそれで、他のラインから人員を移行させるという形にもなり、戦力を偏《かたよ》らせる結果となる。

できれば、最低限の人員の異動でフォローしたいところだ。

「店長」

そこで、和奏が一枚の紙を取り出す。

「一応、こちらが、ある程度出勤時間の融通が利《き》き、長期休暇中も出勤の可能が確認できたアルバイトのリストです」

この店に勤《つと》めるアルバイトメンバーたちの名前と、現在の主な仕事内容と能力、メインとなる出勤時間等。

和奏の差し出した書類には、それらの情報がずらりと並んでいた。

「流石《さすが》、仕事が早いですね、和奏さん」

渡された書類を見て一悟が言うと、和奏は「ありがとうございます」と恭《うやうや》しく頭を下げた。

さて――と、一悟はリストに目を走らせる。

果たして、適任はいるだろうか。

リストに載ったメンバーたちを、上から下へと確認していく。

「……あ」

そこで、一悟の視線が、ある名前を見て止まった。

「店長、何か問題でも……ああ」

横から、和奏がリストを覗《のぞ》き込む。

そして、一悟の目線が誰の名前を注視しているのか、気付いたのだろう。

「もしかしたら、適任かもしれませんね」

そう言う和奏に、一悟も頷《うなず》く。

彼等が注目した名前は――。


星神《ほしがみ》ルナ。

土日祝日及《およ》び、平日夕方勤務。

レジ・サービスカウンター業務中心。

接客・応対能力高し。

※　※　※　※

本日は土曜日のため、世間は休日である。

それゆえ、店内は大勢の来客で賑《にぎ》わっている。

そんな喧噪《けんそう》から少し離れた、バックヤードにて。

「え？　私が、ですか？」

そう驚き混じりの声を発するルナの前で、一悟と和奏が大きくうなずく。

彼等がルナを呼び出したのは他でもない。

工作用品担当者に関する件を相談するためだ。

「ああ、いきなりのことで申し訳ないけど、少し考えて欲しいんだ」

一悟が、ルナに経緯を説明する。

「ＤＩＹライン所属で、工作用品と工作教室・レクチャー教室の講師を担当している鷺坂さんが、私生活で怪我をしてしまってね。しばらく、復帰できないんだ。その間、代わりに星神さんに工作室の講師を受け持ってもらいたいと思って」

ルナは、呆《ほう》けた顔をしている。

やはり、いきなりの事に面食らっているのだろう。

（……まぁ、本人からすれば当然か）

しかし、一悟は思う。

確かに、今回の抜擢《ばってき》をするに当たって、彼女は条件が整っている。

ルナは以前から、工作やＤＩＹに興味を持っていた。

……まぁ、一悟が彼女の家の家具を破壊してしまい、その代わりの家具をこの店の工作室で一緒《いっしょ》に作った、そんな事がきっかけだったのだが。

とは言え、何より〝意欲がある〟というのが、この仕事においては重要な要素だ。

「星神さん、前から創作に興味があるって言ってたから、この機会にやってもらうのはどうかと思って」

一悟が丁寧《ていねい》に説明し、横で和奏が頷きながら補足をする。

簡易《かんい》な面接方式で、ルナに意向《いこう》を伝える。

「ああ、無論《むろん》、商品の発注だとかクレーム対応だとか、本部からの指示事項の処理みたいな重要性の高い仕事は、ＤＩＹラインの別メンバーで補う。君には、可能な限りの売り場での接客、それと工作・レクチャー教室の講師をやってもらいたいと考えてるんだ」

「講師……ですか？」

「人当たりも良くて物覚えもいい君なら、きっと適任のはずだ。無論、その業務だって補助はする」

どうだろう？　と、一悟は最後にもう一度問い掛ける。

通常、こういった突然の配置換えの依頼は、異動や単身赴任《たんしんふにん》を常とする正社員でもない限り、結構難航することが多い。

雇《やと》っていると言っても、相手は人間だ。

慣れない事や未知の事に挑むのに、恐れや戸惑《とまど》いを抱くのは当然の心理である。

即決とはいかず、少し考えてから――となるパターンが多い。

無論、それでいい。

一悟も和奏も、それは承知の上でルナに話を勧めたのだ――。

――が。

「わ、分かりました！　是非《ぜひ》、やらせてください！」

ルナは、この提案を二つ返事で了解したのだった。

思わず、話を持ち掛けた一悟と和奏の方が戸惑いを覚える。

興奮気味に、目をキラキラと輝かせるルナ。

その眼は、まったく躊躇《ちゅうちょ》というものを感じさせない。

むしろ、かなり乗り気な様子が窺《うかが》える。

心なしか、なんだか嬉《うれ》しそうにも見えるくらいだ。

「よ、よかった。前向きに検討してもらえればと思っていたけど、まさかこの場で決断してくれるとは、心強いよ」

「はい！　あ、でも……」

と、そこで、一転し、ルナの表情に不安が覗く。

「流石に、いきなり一人では……」

「ああ、分かってる」

ルナのその呟《つぶや》きに、一悟は微笑《びしょう》を浮かべそう返す。

当たり前だが、最初から彼女一人でやれというのはあまりにも無責任過ぎる。

「はじめは、他の正社員が一緒についてサポートをしながら行おうと思う。そうやって徐々《じょじょ》に慣れていき、星神さん一人でも問題がないというレベルにまで達したら一任しようかと」

「そうですか。それなら、安心です」

ほっとしたように顔を綻《ほころ》ばせるルナ。

と、そこで。

「あ、そうだ」

何かを思い付いたように、ルナが一悟を見上げた。

無垢《むく》な瞳《ひとみ》が、真《ま》っ直《す》ぐ向けられる。

(……まさか)

一悟は直感で、彼女が何を思い付いたのか予測できた。

「工作・レクチャー教室の講師なんですけれど……店長が一緒についてもらうことは可能でしょうか？」

「え？」

和奏が、そう思わず声を漏《も》らしてしまうのも無理はない。

それほど、ルナの提案は予想だにしていなかったことだったからだ。

「以前、工作室を利用させていただいた時も一緒に家具を作りましたし、店長が傍《そば》にいてくれるなら、私、一番頼もしいです」

絶対に上手《うま》く行くと思います――「ふんす、ふんす」と、気合の入った雰囲気《ふんいき》でルナは言う。

大分ノリノリだ。

その言葉も、目の光も、純粋《じゅんすい》そのもの。

彼女の中の小悪魔《こあくま》的な部分が働いて、一悟に近付くために申し出たとか、そういった他意《たい》はまったく感じられない。

本当に、心から一悟を信頼し、そう言っているのだろう。

だが――。

「ええと、星神さん。店長もお忙《いそが》しいから、流石にそれは、ちょっと」

当然、和奏がフォローを入れる。

そう、以前のような場合は、言わば特例。

お客様としてやって来たルナへの接客の意味もあったからこそ、できた事だ。

ルナもハッとする。

至極常識的な和奏の返答を、理解したのだろう。

よくよく考えれば、店の責任者を一講師として現場に引っ張り出すというのは、ありえないことだ。

「そ、そうですよね。ごめんなさい。私、世間《せけん》知らずで」

顔を赤らめ、あたふたするルナ。

しかし、彼女はそれでも、チラリと一悟を見上げてくる。

「……」

一悟が一緒にいてくれれば心強いという、その言葉は本心だろう。

そして、これだけやる気を見せてくれているとしても、やはり不安を抱いているのも事実。

仕方がない——と、一悟は思う。

いきなりの提案をしたのは、こちら側なのだ。

「いや、僕《ぼく》は別に構いませんよ」

一悟の発言に、和奏とルナが同時に彼を見る。

「工作教室やレクチャー教室は、内容にもよりますが時間は二時間程度です。それくらいなら、別に大した負担にはなりません」

「ですが……」

「それに、そもそも、こちらが急遽《きゅうきょ》の事情で彼女に助けを求めているのですから、ある程度の希望は受け入れるべきだと思います」

一悟は和奏に、頭を下げる。

「和奏さんにはフォロー関係で迷惑《めいわく》をかけてしまうかもしれませんが、お願いしてもいいですか？」

「い、いえ、そんな！　私は店長がよければ、まったく問題ありません」

和奏は慌《あわ》てて了 承《りょうしょう》する。

ありがたい事に、彼女も協力的になってくれた。

そこで一悟は、緩《ゆる》めた表情を二人に向けた。

最後の仕上げとでもいうように。

「それに、僕も久《ひさ》しぶりに現場で体を動かしてみたいですしね。致《いた》し方ない事情があれば、面倒《めんどう》な書類の提出も延期という形でサボれるので、一石二鳥《いっせきにちょう》です」

と、場を和《なご》ませるように言うと、和奏とルナも声を出して笑う。

というわけで、ルナが工作・レクチャー教室の講師役を務める、序盤の期間。

一悟も彼女に付き添い、一緒に講師を務めることとなった。

※　※　※　※

「えへへ、やったやった、イッチと共同作業だね」

――その日の夜。

仕事が終わった後、一悟はルナのマンションを訪れていた。

先日同様、今日もルナはテンション高めの様子で、やって来た一悟を上機嫌《じょうきげん》に出迎えてくれた。

ちなみに、今回の彼女の恰好《かっこう》は、ラフな室内着姿である。

ルナは夕方には店を退勤《たいきん》するので、帰りは一悟よりも早い。

一悟が来る前に着替えていたのだろう。

（……しかし）

タオル地のフワフワした、薄手《うすで》の衣服。

その隙間《すきま》からは汚《よご》れ一つない柔肌《やわはだ》が覗く。

……正直に言うと、無防備過ぎる姿なので目のやり場に困ってしまう。

「あ、お荷物運ぶね」

そこで、ルナは一悟が持ってきた鞄《かばん》——いつもの仕事鞄ではなく、少し大きめのボストンバッグ——に気付く。

「ああ、大丈夫《だいじょうぶ》だよ。結構重いし……」

そこで、一悟の台詞《せりふ》が止まる。

玄関先《げんかん》に置かれたボストンバッグを持ち上げようとするルナ。

下に向けて手を伸ばす——当然、腰《こし》を突き出す形となるため、彼女の下半身が強調される姿勢となった。

しかも、纏《まと》っているのはハーフパンツだけだ。

上がった臀部《でんぶ》の下からは、普段見る事のない、すらりと伸びた彼女の生足《なまあし》。

柔らかそうな太腿《ふともも》も、細い足首も、全てが惜《お》しげもなく晒《さら》されている。

……いけないものを見てしまった気がする。

一悟は心臓《しんぞう》の高鳴りを覚える。

「どうしたの、イッチ？」

「いや……」

慌てて誤魔化《ごまか》すように、一悟は視線をずらす。

何はともあれ、彼女と共にリビングへと向かう。

「夕食、また用意してくれてたのか」

今日も、机の上にはしっかりと夕餉《ゆうげ》が並んでいる。

流石に先日ほどの豪勢《ごうせい》な量ではないが、飲食店にも引けを取らないルナ謹製《きんせい》の料理の数々だ。

仕事終わりで空腹《くうふく》感に満ちた体を、食欲をそそる香りが刺激してくる。

「気を使わなくていいって言ったのに」

「気を使ったわけじゃないよ」

すとん、と、ルナが早速《さっそく》自分の方の椅子《いす》に座る。

「お礼だよ、お礼の先払い」

「いやいや、お礼を言うのはこっちの方だよ。いきなりの配置換えだったのに、文句《もんく》一つ言うことなく承諾《しょうだく》してくれたんだから」

「でも、その仕事の内容をわざわざ直接教えてもらうのに、こうして時間を割いてくれてるんだから。それは、イッチの優しさだと思うよ」

その発言に一悟が言い淀むと、ルナはニコッと笑った。

「ね、やっぱりお礼で正しいでしょ？」

本当によく口が回る――。

その上、全てが善意からの言動なのだから手に負えない――と、言いくるめられた一悟は嘆息《たんそく》する。

そう、今日こうして一悟がルナの家を訪れたのは、今回彼女が担当することになった工作・レクチャー教室の講師の仕事内容について、説明と教授をするためだ。

もう既《すで》に、明日の工作教室とレクチャー教室の開催は告知がされており、予約が入ってしまっている。

鷺坂の事故は緊急事態だが、それを理由に開催中止というのも、楽しみにしてもらっているお客さんたちに失礼だろう。

というわけで、明日は早速、一悟とルナで応対するしかない。

「さてと……」

ルナの用意した食事をいただき終わり、満腹《まんぷく》から発生する若干の眠気《ねむけ》を食後のコーヒーで洗い流す。

ルナもその間、使い終わった食器の片付けを終わらせ――準備は整った。

一悟は、ルナに運んでもらったボストンバッグを開ける。

中から、職場で印刷してきた作業マニュアルと、実際に店で販売している工作キットを取り出していく。

「とにもかくにも明日、もう既に予約が入っている工作教室に目標を定めて、そのための基本的な事から学んでいこう」

工作やＤＩＹに興味があるとは言え、ルナはまだまだ素人《しろうと》である。

いきなり、本格的な知識を身に備えるのは不可能だ。

だから今回はまず、キッズ工作用の簡単なカリキュラムから習得していくことにする。

「うん、頑張《がんば》ります」

ルナは気合を入れるようにグッとガッツポーズをすると、一悟から受け取った作業マニュアルに目を通していく。

一生懸命で、勉強熱心な姿勢。

きっとこの子なら心配ないだろう――。

目前のルナの姿を見ながら、一悟は、自分と和奏の判断は正しかったと再認識し――静かに微笑《ほほえ》む。

「よし、一通り読み込んだら、今度は実際にやりながら覚えていこう。まずは――」

※ ※ ※ ※ ※

――そして、翌日。

昼の13時。

「お待たせしました。本日は、よろしくお願いいたします」

店内、工作室。

本日はこの場所を利用し、工作・レクチャー教室が開かれる。

やって来たお客さんたちを前に、一悟とルナは二人同時に頭を下げた。

以前、店にやって来たルナを一悟が付きっ切りで接客した時のように、和奏がインカムで全メンバーに事情を伝達しており、既に店内のフォロー体制はできあがっている。

一悟もルナと共に、講師に集中ができるというわけだ。

さて。

今日予約を入れていたお客さんたちだが、主に子供と女性の二組に分かれる。

工作教室利用の子供組は、見たところ男の子の兄弟だ。

母親が買い物中のため、その間ここで相手をする――という形である。

言わば、託児所《たくじしょ》の代わりだ。

一方、女性組の方は、昨今《さっこん》の流行《はや》りでＤＩＹに興味を持ったり趣味にしている人たちで、レクチャー教室の予約をしていた常連客《じょうれんきゃく》たちである。

「聞きましたよ、店長」

「鷺坂さん、怪我しちゃったんですって？」

彼女たちは、工作室担当者の鷺坂とも連絡先やメッセージアプリのアドレスを交換しているため、事情は既に彼女から聞いているようだ。

「大変ですね」

「ええ、でも、もっと大変なのは鷺坂さんの方ですから」

爽《さわ》やかに言う一悟へ、女性客たちはぺこりと頭を下げる。

「レクチャー教室の方も、こうして中止せずに開催してくれてありがとうございます」

「いえいえ、こちらこそ、拙《つたな》い講師となりますがよろしくお願いいたします」

一悟もまた丁寧に、彼女たちに頭を下げる。

「鷺坂さんの代わりに、これからはしばらく店長が講師を務めるんですか？」

「いえ、今日は応急処置的にですが、今後の事は調整中です。あ、その件についてですが……」

ちょうど、話の流れが鷺坂の代役に関することとなったので、一悟は彼女たちにルナを紹介する。

一悟が目配《めくば》せすると、ルナは女性客たちにお辞儀《じぎ》をした。

「鷺坂さんが復帰するまでの間は、彼女にフォロー人員に入ってもらおうかと」

女性客たちはそれを聞き、驚いた様子で言葉を失う。

まぁ、無理はないだろう。

相手は、見た通り、まだ年端《としは》もいかない少女だ。

しかし、そんな空気の中、ルナは臆《おく》することなく満面《まんめん》に笑みを湛《たた》えて口を開いた。

「はじめまして、星神ルナといいます。姫須原《ひめすばる》女子高校に通う一年生です。よろしくお願いします」

——心配の雰囲気は一瞬だった。

ルナの溌溂《はつらつ》で堂々とした声と姿に、女性客たちも何かを感じ取ったようだ。

人間力、とでも言うのだろうか。

『この子になら任せられる』——という、信頼感のようなものだ。

「まだ高校生なんだ」『若いね』『かわいい』と、ルナを前に盛り上がる女性客たち。

そう、重要なのは知識や経験だけじゃない。

それらは働いていく内に、本人に意欲さえあれば自然と備わっていく。

重要なのは、そんな時間を一緒に過ごしてもいいと思えるような、安心感なのだ。

弱冠《じゃっかん》15歳のルナには、そんな素養《そよう》が十分備わっている。

「さて、では、始めましょう」

何はともあれ、こうしてルナと一悟が中心となる、初めての教室が開始された。

今回、ルナは工作教室の方を担当する。

男の子の兄弟を相手に、昨夜一悟と学んだキッズ工作を行っていく形だ。

主に、店で販売している工作キット、貯金箱やパズル、スライムやプラ板キーホルダーの中から好きなものを選んで、一緒に作るというもの。

「じゃあ、この中から好きなものを選んで？」

「僕、木製の船の模型《もけい》」

「僕も」

「うん、了解。準備するから、ちょっと待っててね」

ルナはメニューリストを子供たちに見せながら、柔らかい声で順調に対応を進めている。

一方、一悟が受け持つレクチャー教室。

レクチャー教室では、何か決まったものを皆で一斉に作るというわけではない。

お客さんたちがあらかじめ作りたいものをイメージしており、「こんなものを作りたい」「どうすればいい？」と、その創作に関する要望や疑問を聞き、そのイメージを専門的な知識でサポートするのだ。

「今日は、家の中に置く新しい家具を作ろうかと」

「いいですね」

「私は庭に置くベンチやテーブルを」

「これからの時期、自宅の庭で夕涼《ゆうすず》みなんていうのもいいかもしれませんね」

一悟は、彼女たちと雑談を交《まじ》えながらイメージを聞き取り、素材となる木材や金具、適合するビスやネジのサイズ、使用する道具の使い方まで、寄り添って事細かに助言をしていく。

これが、工作教室とレクチャー教室の内容である。

一悟も、昔から手先が器用で、モノづくりにはそれなりに精通《せいつう》している。

かつて朔良《さくら》にも、手作りのプレゼントなんかを作って渡したりしていたものだ。

(……久しぶり……というわけでもないか)

工具を握《にぎ》り、木材を切断しながら、一悟は思う。

かつての朔良との記憶——ではない。

つい先日の、ルナとの記憶を思い出しながら、だ。

※　※　※　※　※

——そして、開始から二時間ほどが経過した。

「完成！」

「すごぉい！」

「想像以上の出来じゃん！」

そんな一悟の指導のおかげで、工作室のテーブルの上には、見事な作品の数々ができあがり、並べられていた。

ベンチ、テレビスタンド、キャスター付きの大型のハンガーラック等。

その出来栄《できば》えを絶賛《ぜっさん》しながら、女性客たちは早速スマホで写真を撮影している。

「店長、知識もテクニックも凄《すご》いじゃないですか！」

「本当、あたし、後半からほとんど任せっぱなしになっちゃってた」

「今回だけなんてもったいない！　是非、また今度もお願いしたいくらい！」

一悟の腕前に感動し、女性客たちは褒《ほ》め称《たた》えてくれる。

「ははっ、喜んでいただけて何よりです」

満更《まんざら》でもないので、一悟も素直《すなお》に嬉しがる。

（……ん？）

するとそこで、何やら背後から気配を感じる。

チラッと振り返ると、ルナがこちらの方をジッと見詰めていた。

眉尻《まゆじり》を下げ、少し唇《くちびる》をムニムニと動かしている。

一悟が女性陣にチヤホヤされている姿を見て、不服そう……。

というより、嫉妬《しっと》している風にも見える、のは気のせいだろうか？

「お姉ちゃん、ここからどうするの？」

「あ、うん、そうしたらね」

しかし、子供たちに呼ばれると、すぐに自然なスマイルへと戻る。

見たところ、ルナの方も問題なさそうだ。

工作メニューの中でも比較的難易度の高い船の模型だったのだが、まったく戸惑うことなく順調に作成の手助けをしてあげられている。

今日が初担当だなんてまったく感じさせない、熟《こな》れた感じさえする。

「できた！」

「僕も！」

「完成！　うん、二人とも上手《じょうず》だね！」

子供たちと仲良さそうに接している姿は、微笑ましく絵になるくらいだ。

すると、子供たちの工作が完成したのとほぼ同じタイミングで、彼等の母親が戻ってきた。

「面倒を見てもらって、ありがとうございました」

赤ちゃんを抱えながらカートを押す主婦の女性が、ルナにお礼を言う。

まだ幼い子供を三人も連れての買い物は、大変だろう。

「どうだった？」

「楽しかった」

「見て見て！」

子供たちは自慢《じまん》げに、自分たちが作った模型の船を母親に見せている。

本当に、嬉しそうだ。

母親も、微笑ましい表情を浮かべている。

「よかったね。じゃあ、お姉ちゃんにお別れの挨拶《あいさつ》をして」

「お姉ちゃん、またね」

「またね～」

帰って行く子供たちを、ルナも手を振って見送る。

その光景を、一悟は少し離れた場所から見守っていた。

「どうですか？」

「あ、和奏さん」

そこで、副店長の和奏が現れた。

終了時間を見計らい、様子を見に来たのだろう。

「お客さんからの評判も上々でしたね、店長も、星神さんも」

「見てたんですか」

恥《は》ずかしいな――と思いながら、一悟は苦笑する。

「ええ、星神さんの働きぶりは、期待以上ですよ」

もうすぐ夏休み。

自由研究や工作の宿題関係で、来客も増える。

子供相手の接客に関しては、ルナはお手の物だし、手際に関しても問題なかった。

むしろ、一夜漬けでよくここまでスムーズに行えたものだ。

「ルナちゃん、手慣れてるわね」

「将来が楽しみね」

「ありがとうございます！」

「あ、よかったら連絡先交換しない？　分からないことがあったら、教えてあげるから」

「はい、是非《ぜひ》！」

と、いつの間にか女性客たちとも仲良く話しており、太鼓判《たいこばん》を押されているくらいだ。

「あ」

そこで、一悟は少し離れた柱の陰に、見覚えのある姿を発見する。

「鷺坂さん」

「あ、店長、本日はありがとうございました！」

ウェーブの掛かった黒髪の女性――鷺坂だった。

相変わらず、腕は包帯とギプスに包まれているが、どうやら今日の事が心配で見に来た様子である。

杜の陰から、こっそり観察していたのだろう。

「鷺坂さん！　いたんだ！」

鷺坂が現れた事に気付いた女性客たちが、彼女の周りに集まってくる。

「うわ～、腕痛そ～」

「出歩いて大丈夫ですか？」

「大丈夫ですよ。別に動いちゃダメってほど重傷《じゅうしょう》じゃないですから」

心配そうに聞く彼女たちに、笑顔で返答する鷺坂。

「それよりも！」

そこで鷺坂は、ルナの方を振り向いた。

そして、ずんずんと大股《おおまた》で彼女に近付いていくと――、

「ルナちゃん、ありがとう！」

無事な方の手でルナの手を取り、大きな声で叫《さけ》んだ。

「ルナちゃんがあたしの代わりを務めるって聞いて、正直最初は不安だったけど、今日ずっと見てて、感心しちゃった！　これで安心して療養できるわ！」

キラキラした目で、鷺坂は言う。

握った手を、ブンブンと振りながら。

「何より、ＤＩＹ女子が増える事があたしは嬉しい！　ねぇ、あたしが復帰したら、本格的に担当補佐として頑張ってみない？」

よほど、ルナの事が気に入ったのか。

鷺坂は興奮気味《ぎみ》にそう提案をする。

「はい！　是非、楽しそうです！」

それに対し、ルナも乗り気だ。

「いいですか、店長⁉」

鷺坂が、ズイッと一悟に寄ってくる。

かなりの圧だ。

「ま、まぁ、いいかもしれないですね。星神さんにとっても、喜ばしい事だと思いますし」

ルナには、このラインでの仕事に適性がある。

鷺坂が復帰するのは三ヶ月後――季節的には、冬の手前辺りなので、まだ売り場も落ち着いている時期だろう。

配置換えをするタイミングとしては、問題ない。

一悟が言うと、鷺坂とルナは手を取り合って「やったやった」とはしゃぎ出す。

……怪我が悪化しないか心配だ。

さて、そんなこんなで。

鷺坂と女性客たちも帰っていき、今日の工作・レクチャー教室は終了となった。

「店長、この工具はまとめて戻せばよろしいですか？」

「ああ、全部工具箱に入れておいてくれればいいよ」

一悟とルナは、工作室の後片付けをしている。

「あ」

そこで、ルナが机の上に置いてあった物差しを床《ゆか》に落とした。

ちょうど、一悟の足元に落下する。

「ごめんなさい」

「構わない、僕が拾《ひろ》うよ」

一悟はそれを拾おうと、膝《ひざ》を折り、しゃがみ込む。

「イッチ」

右の耳朶《じだ》を、微《かす》かな声音《こわね》が打った。

しゃがみ込んだ一悟の横に、ルナも同じくしゃがみ込み。

そして、口元に手を当て、一悟へと耳打ちをしていたのだ。

すぐ真横に寄せられる、ルナの顔。

囁《ささや》くように発せられる声は吐息《といき》に混ざり、耳元を擽《くすぐ》る。

甘い香りが鼻孔《びこう》に迫り、ぞくりと肌が粟《あわ》立った。

机の陰に隠れて、内緒《ないしょ》の会話が交わされる。

「私……元々は、このお店にアルバイトとして応募したのも、イッチを忘れられなくて、追い掛けて来たからだけど……」

ルナは少し言葉に詰まり、視線を泳がせる。

しかし、一瞬の間《ま》の後――その瞳が、一悟に向けられる。

「……でも、私、このお店で働かせてもらって、本当によかった」

潤《うる》んだ目、赤らんだ頬《ほお》、心の底からの笑顔。

「なんだか、私の中の世界が、どんどん広がっていく感じがする」

「……………」

彼女は15歳の少女。

まだ、高校一年生。

知らない事や、分からない事だっていっぱいある。

まだまだ未成熟な子供だ。

そんな子が今日まで、人知れない苦悩を抱いて、自分を押し殺して生きてきたのだ。

ここでの経験は、彼女にとっていいものになってくれたようだ。

「こうして、自分の好きな事に挑戦できて、優しくていい人たちにも囲まれて……私、今がとても幸せ」

本当に嬉しそうに、本当に感謝するように、そう言って、ルナは立ち上がる。

「……そうか」

そこで、一悟は、かつて海で交わした朔良との会話を思い出していた。

『でも、高校に進学したら、アルバイトとかしてみたいな』

『色々な仕事をして、知らないことを知って、経験を積んでみたい』

そう、海を見詰めながら語っていた、彼女の姿を思い出す。

まるで、あの頃の、朔良の夢を叶えてあげられているような。

そんな感覚を、覚える。

「……いや」

……違う、それだけじゃない。

それと同時に、一人の少女の心に光を宿せたという、使命感のような、満足感のような。

そんな、まったく違う二つの感情が、自分の中に生まれている。

「よかった、本当に」

一悟は立ち上がると、片付けを再開したルナの背中に。

素直な気持ちで、そう呟いた。

第三章　和奏との出張

「店長、おはようございます。本日はよろしくお願いします」

「おはようございます、和奏《わかな》さん。こちらこそ」

――都市郊外のショッピングセンター内、大型雑貨店。

時間帯は、まだ開店前の早朝である。

その大型雑貨店の屋上駐車場に、現在二人の男女がいる。

他にはまったく車の停まっていない、静かで爽《さわ》やかな空気の中、挨拶を交わす彼等は、この店の店長と副店長。

一悟《いちご》と和奏だった。

「じゃあ、早速《さっそく》ですが行きましょうか。店内から持ち出し忘れているものがあれば、今ならまだ間に合いますが」

「ご確認ありがとうございます。大丈夫《だいじょうぶ》です」

「ですよね。和奏さんに限って、忘れ物なんて」

そんな風に言葉を交わしながら、二人は店舗《てんぽ》に常備《じょうび》されている社用車に乗り込む。

二人とも、今日は仕事用の制服ではない。

だからと言って、フォーマルなスーツ姿でもなければ、それほど着飾《きかざ》っているというわけでもない。

比較的カジュアルな恰好《かっこう》だが、揃《そろ》っておとなしい色合いの衣服を纏《まと》っている。

今日は二人でどこかへドライブにでも……というわけではない。

本日、一悟と和奏は仕事の関係で、二人で出張《しゅっちょう》という形になっているのだ。

ここから50キロほど離れた場所にある文化会館を会場として、そこの貸会議室で定期的に、一悟の店舗が所属するエリア内の店長が集まるエリア店長会議が行われるのである。

今日、一悟はそれに参加する予定だ。

そして何故《なぜ》、エリア店長会議に和奏も同行するのかというと、今回は同会場で、各店の副店長を対象とした店長候補生研修があり、彼女はそちらに参加するのである。

そのため対象となる店舗は各店、店で乗り合わせをし、一緒《いっしょ》に会場へ向かう形式になったのだ。

「店長、お疲れでしたら遠慮《えんりょ》なく言ってください。私が運転を代わりますので」

車に乗り込むと、助手席の和奏がきりっとした顔でそう言った。

「ありがとうございます」

一悟はそんな和奏の厚意《こうい》に返事をすると、表情を緩《ゆる》めた。

「でも、大丈夫ですよ。そんなに疲《つか》れてる顔をしていますか？　僕《ぼく》」

「あ、い、いえ、そういうわけでは……」

一悟が微笑《ほほえ》み混じりに言うと、和奏は慌《あわ》てて否定《ひてい》する。

（……本当に、気配《きくば》りのできる人だな）

心の中で、一悟は今一度彼女の律義《りちぎ》さに感心する。

和奏は仕事中、年下の上司である一悟にも、もの凄《すご》く気を使ってくれる。

怜悧《れいり》な彼女らしい長所《ちょうしょ》ではあるが、時々大袈裟《おおげさ》に感じる時もあるくらいだ。

「お気遣《きづか》い、痛み入ります。じゃあ、出発しますね」

「はい、改めてよろしくお願いします」

というわけで、一悟は車のエンジンを掛けると、走行を開始した。

会場に向け進行。

車はショッピングセンターの敷地を出て、国道をしばらく進む。

そこからインターチェンジを通過し、高速道路に乗った。

「店長候補者研修は初めての参加ですので、ちょっと緊張しています」

胸元に手を当て、和奏が深呼吸しながら言う。

まっすぐ走るだけの高速道路。

車中で、一悟は和奏と他愛《たあい》ない雑談を交《か》わす。

「僕も昔に受けた事がありますが、そんなに気を張る必要はないですよ。地域特性の把握《はあく》とか、季節ごとの取引先や常連《じょうれん》のお客さんへの挨拶とか……そんな基本的な業務内容の読み合わせをするくらいです」

一悟は彼女の緊張をほぐすため、そうフォローする。

しかし、実際のところ本当に思っているほど大した内容ではないので、そんな程度の認識で十分だ。

「服装は、このような装《よそお》いで問題なかったでしょうか？」

そう言って、和奏は自身の体を見下ろす。

今日の彼女の恰好《かっこう》は、上は夏らしいベージュ色のブラウス。

下は白のテーパードパンツで、靴《くつ》はパンプス。

首元には、シルバーのネックレスがアクセントに添えられている。

全体的に落ち着いた色合いの、大人な雰囲気《ふんいき》を漂《ただよ》わせる服装だ。

身に纏っているローズの香水《こうすい》と、細いフレームの眼鏡《めがね》も相俟《あいま》って、色気《いろけ》さえ覚える。

「ええ、問題ありません。ラフ過ぎない恰好であれば大丈夫——という事ですが、それこそ、そこまで気にしなくて大丈夫です。店長会議なんて、毎回部屋着みたいな服で参加する店長もいますから」

「そうなんですか？」

クスクスと笑う和奏。

そんな風に、車中で談笑《だんしょう》を交えながら、車は目的地へと向かう。

空は雲《くも》一つない、吸い込まれるような青空で、高速道路脇《わき》の木々は青々と茂《しげ》っている。

正に初夏の風景だ。

「あ、そろそろ会場まで半分くらいの距離に差し掛かるので、休憩《きゅうけい》にしますか」

そこで、一悟が提案する。

車を走らせること数十分――目的地まではもう半分というところに差し掛かったのだ。

「かしこまりました。もう三キロほど先に、サービスエリアがあるようです」

車に装備されているカーナビの表示を見ながら、和奏が言う。

「じゃあ、ちょっとそこに寄っていきましょう」

「はい」

間もなくして、一悟たちの車は小高い山の上に作られたサービスエリアに到着。

そこで、二人とも簡単にトイレ休憩を済ませる。

「お待たせしました」

「はい」

戻ってきた和奏と駐車場で合流した一悟は、そこで、腕時計を見て時刻を確認する。

「集合時間まで、まだまだ余裕《よゆう》がありそうですね。ちょっと、中でも見ていきますか？」

時間的には、まだ余裕がある。

暇潰《ひまつぶ》しの為《ため》に、一悟はサービスエリアの施設の方を指さし、和奏に提案した。

一応、移動時間中も業務の時間と言われればそれまでなのだが、こういった息抜きも仕事には必要だ。

「え？　あ、はい、是非《ぜひ》！」

それに対し、和奏は一瞬《いっしゅん》呆《ほう》けたように停止した後、何故《なぜ》か前のめり気味《ぎみ》に乗ってきた。

サービスエリアは、その地域特有の名産品やお土産《みやげ》なんかが取り揃えられている。

ゆるキャラグッズなんてあったりもする。

（……和奏さんも、少し気になってたのかな）

彼女のちょっと女性らしい部分を垣間《かいま》見た——と、勝手に思いながら、一悟は微笑《びしょう》する。

「じゃあ、行きましょうか」

というわけで、一悟と和奏は、二人でサービスエリアの販売施設の中へと向かう。

建物の中は、お土産屋に飲食店が併設《へいせつ》されている、普通のものだった。

平日という事もあって、客数もまばらである。

「あ、何か名物を売ってますよ」

ふと、一悟たちが足を止めたのは、ソフトクリーム屋の前。

そこで、ここら辺の地元の名産を使用した、オリジナルのソフトクリームが販売されていた。

「へぇ、フリーズ苺《いちご》ソフトですって」

地元地域の名産品である苺。

その苺を凍《こお》らせて砕《くだ》き、ソフトクリームに練《ね》り込むことによって、ソフトクリームとシャーベットの食感《しょっかん》を同時に味わえるという、フリーズ苺ソフトなる商品が販売されている。

「おいしそうですね」

「ええ、それと他には……ん？」

他にも何か面白《おもしろ》いものはないか――メニューに目を通していた一悟の視線が、思わず硬直《こうちょく》する。

「これは……」

そこに〝話題沸騰《ふっとう》！〟というＰＯＰと共に、名物商品、ヒマワリの種をちりばめたヒマワリソフトなどというものが掲載されていた。

「す、凄いインパクトですね……」

「ヒマワリの花も名産……だからですかね」

困惑《こんわく》気味の和奏と、唸《うな》る一悟。

「おいしい、のでしょうか……」

「いや、これは流石《さすが》に、味は二の次でＳＮＳ映えとかを狙《ねら》った商品でしょう」

苺ソフトと、ヒマワリソフト。

この二つから選ぶなら、断然《だんぜん》苺ソフトの方だろう。

「和奏さん、〝イチゴ〟は好きですか？」

「え？」

購入を考え、一悟がそう問い掛けると、和奏は一瞬ビックリしたような表情になった。

「……あ、はい……好きです」

そして、何故か頬《ほお》を赤らめ、恥《は》ずかしそうに答える。

そんな彼女に、一悟は首を傾《かし》げる。

「ちょっと食べてみます？」

「店長がそう言うのであれば」

「いやいや、業務命令とかじゃないので、別に大丈夫ですよ。さっきの感じだと、もしかして無理に好きって言わせちゃったのかも……」

「いえ、是非お願いします！」

そんな感じのやり取りを経《へ》て、一悟と和奏は苺ソフトを購入する。

「そういえば、向こうの方に展望台《てんぼうだい》があるみたいです」

販売施設を出たところで、和奏が駐車場の端《はし》を指さしながら、そう言った。

「ちょっと行ってみましょうか」

向かってみると、そこには広大な風景が見渡せる展望台があった。

「わぁ……」

木製の柵《さく》に手を置き、和奏が感嘆《かんたん》の溜息《ためいき》を漏《も》らしながら、パノラマを眺《なが》める。

この小高い山の上にあるサービスエリアから、麓《ふもと》の町や工場地帯等、人々の生活が営《いとな》まれている場所が、一望《いちぼう》できる。

「凄いですね……」

「ええ、夜は夜景が綺麗《きれい》そうです」

見晴らしのよい展望台の上で、風を浴びながら二人はソフトクリームを味わう。

「うん、結構おいしい」

「面白い食感ですね、フルーツかき氷のような」

そんな風に、二人揃って楽しく舌鼓《したつづみ》を打つ。

ふと、一悟の頭の中で、つい最近、女の子と二人でアイスクリームを食べた記憶が蘇《よみがえ》る。

あの時の、ルナの笑顔が脳裏《のうり》に浮かんだ。

（……彼女も、こういうのが好きそうだな）

そんな風に考える一悟の一方、展望台からの眺めを見渡していた和奏が、何かに気付いたように声を発した。

「へぇ、あんな場所に遊園地があるんですね」

言われて見てみると、確かに、工場地帯の少し外れの場所に、遊園地が見える。

「本当だ。大きな観覧車《かんらんしゃ》も見えますね」

なんていう遊園地なのかな……と呟《つぶや》きつつ、ネットで調べようと一悟はスマホを取り出す。

そこで、チラッと、和奏が一悟を一瞥《いちべつ》した。

「な、なんだかこうしていると、私たちが同じ会社の同僚《どうりょう》同士……雑貨店の店長と副店長だなんて、気付く人はいないかもしれませんね」

そう、ほんのりと頬を桜色《さくらいろ》に染め、眼鏡の奥の視線を下に逸《そ》らしながら、彼女は言った。

……確かに一悟も和奏も、今はラフな恰好だ。

出張の際は、制服やスーツの着用はしなくていい決まりになっている。

更に、リラックスした雰囲気で楽しげに会話している今の二人の姿を傍《はた》から見ても、会社の同僚と思う者はいないかもしれない。

「ですね、仲のよい友達同士とか、旅仲間とか、そういった感じでしょうか」

「……も、もしかしたら、カップルとか、夫婦に見えたりして」

相変わらず視線は一悟の方に向けることなく、和奏は多少言い淀《よど》みながら、そう口にした。

「え？」

その発言に、一悟は思わず和奏の姿を振り返る。

普段ほとんど見る事のない、私服姿の彼女。

いつもと一風違う服を纏い、上腕《じょうわん》まで肌《はだ》を露出《ろしゅつ》させた和奏の恰好に、視線を奪《うば》われる。

――そう言われると、少し気恥ずかしくなる。

彼女のような美人と、恋人、夫婦に勘違《かんちが》いされているなどと――それは、光栄なことかもしれない。

しかし、あまりセンシティブな発言をすればセクハラと捉《とら》えられかねないし、彼女も冗談《じょうだん》のつもりで言ったのかもしれない。

「ははは、そうかもしれませんね」

ゆえに、一悟は和奏の問い掛けに、そう普通を意識して返した。

「あ……はい」

そんな一悟の返答に、和奏は若干《じゃっかん》しょぼんとした雰囲気になる。

「？」

疑問符《ぎもんふ》を浮かべる一悟。

何はともあれ、そんな感じで休憩時間は終了。

二人は再び車に乗り込み、サービスエリアを後にした。

――そして、数十分後。

「着きましたね」

「はい、運転、ありがとうございました」

二人を乗せた車は、本日会議と研修が開催される会場へと到着を果たした。

市営の文化会館。

エリア店長会議は、ここの会議室の一つを使用する。

各店長とエリア部長、それにエリア内を巡回《じゅんかい》しているスーパーバイザー数人も交えて、ここで昼前から夕方くらいまで会議や会食がされる。

和奏は別会議室で、各店副店長を集めての店長候補者研修を受ける形だ。

「では和奏さん、また後ほど」

「はい、では失礼します」

会場へと入った二人は受付で名簿に記入し、用意された名札を装着する。

そして、それぞれの参加先である会議室へと分かれていった。

※　※　※　※

——時間はあっという間に経過し、夕刻《ゆうこく》。

「いやぁ、終わった終わった」

「盆《ぼん》時期も大変そうだけど、やっぱりゴールデンウィーク期に比べれば楽な印象がありますよね」

本日のスケジュールも一通り終わり、もう終了という時間だ。

会議と言っても話し合った内容は、これからのシーズンの傾向と対策を各スーパーバイザーの持ち寄った最新情報と照らし合わせ、擦《す》り合わせし、店に持ち帰って売り場作成や商品展開、集客企画に反映させるというものである。

流れは毎度変わらないので、そこまで苦ではない。

後は、各店での万引犯《まんびき》・迷惑客《めいわく》の情報や、経費削減のアイデアを共有するために話し合って、本日の会議は終了。

今は会場のエントランスに店長同士で集まって、色々と雑談を交わしている最中である。

(……しかし)

集まった店長たちを見回し、一悟は思う。

今日の会議は皆私服での参加となっているが、面白いくらいにそれぞれ特色が出ている。

やはり、一つの店の長を務める立場にある人たちは、結構個性的な人が多いのかもしれない。

中には、派手《はで》な柄《がら》のアロハシャツで来ている人もいるくらいだ。

地味な恰好で――という取り決めだったはずなのに。

(……なんだか、少年漫画とかでよくある、色んな部署のリーダーが集まって会議する、ああいうシーンを思い出すなぁ)

そんな人たちと色々話すのも、なかなか面白い。

ちなみに、ここに集まった店長たちの中では、一悟はまだ若い方だ。

同い年くらいの店長も何名かいるが、皆Eランクやランク等、比較的売り場面積も年間売上額も少ない小規模店の店長である。

むしろ、この年齢でSランク店を任せられている一悟の特異性《とくい》を、逆に周囲が理解させられる状況かもしれない。

「お、そろそろ向こうの研修も終わる頃かな」

と、一人の店長が言う。

時刻的に、副店長たちの店長候補者研修も切り上げの時間だ。

「うちの副店なんて、この前昇進したばかりだからな。まだ店じゃ気ぃ張《は》り詰《つ》めっぱなしでさ」

「早く慣らしてやった方がいいぞ。そんなんじゃこの仕事、長続きしないからな」

「ですね」

他の店長たちの会話に、そんな感じで相槌《あいづち》を打つ一悟。

「そういや、釘山《くぎやま》店長の店の副店は、和奏さんだったかな」

「ええ」

「彼女、昔俺がラインマネージャーだった頃、直接の部下だったんだ。昔から優秀だったからなぁ」

「Sランク店の副店って、他の店なら充分店長を任せられるくらいの実力者だからな」

「まぁ、それくらいの人じゃないと、釘山店長の補佐は務まらないか」

店長たちが、口々に和奏と――それに、一悟を褒《ほ》め称《たた》える。

「いやいや、僕なんて助けてもらってばかりですよ」

彼等の発言に、そう謙遜《けんそん》する一悟。

ちょうどそこで、研修を終えた各店の副店長たちが戻ってきた。

「店長、お待たせいたしました」

そして、早速一悟の前に、キリッとした面持ちで和奏がやって来る。

いつもの仕事の時に見せるのと同じ、頼りになる雰囲気が出ている。

「やっぱり、綺麗だな、和奏さん」

そこで、後ろの方にいた他の店の副店長たちが、声を潜《ひそ》めて会話しているのが聞こえてきた。

「大人の色気っていうか、なんていうか……」

「俺、彼女と同期なんだけど、なんだか同期って感じがしないんだよな。年上というか、上司みたいっていうか……」

やはり、他の副店長たちにとっても、彼女の印象はそんな模様のようだ。

仕事のできる美人。

副店長たちは男性ばかりなので、すっかり彼女の姿に見惚《みと》れてしまっている。

彼等も当然年齢に幅はあるが、まだ若い者が多い。

そういう者たちにとっては、和奏は憧憬《どうけい》の対象であると同時に、異性としても魅力的なのかもしれない。

「店長」

そんな風に考えていると、和奏に声を掛けられた。

「早急に店舗へと通達の必要な事項等はありましたでしょうか。差し支《つか》えなければ、私が連絡を」

「ああ、別に僕の方から急いで伝えないといけない用件はありませんが、店の方の状況を知っておきたいです。ＦＬ《フレンドリー》ラインマネージャーの押方《おがた》さんに、終了の連絡がてら引き継《つ》ぎがないか聞いておいてもらってもよろしいですか?」

「かしこまりました」

一悟もまた、いつもの仕事中の調子で和奏に接する。

すると周囲から、また何やらひそひそ話が聞こえてきた。

「やっぱり、風格《ふうかく》があるなぁ」

「Sランク店って、少し格が違う感じがするんだよな」

「釘山店長も有望株《ゆうぼうかぶ》だし、結構お似合《にあ》いの二人に見えてきた」

そんな噂話《うわさばなし》が、耳に入ってくる。

「釘山君も、彼女を頼りにしているようじゃないか」

携帯電話を取り出し、通話ブースへと向かう和奏を見送っていたところで、一人の男性が一悟に声を掛けてきた。

小太りで背の低い、眼鏡をかけた男性。

近隣《きんりん》一帯の商圏《しょうけん》エリアを統括《とうかつ》している、エリア部長である。

「ええ、本当に。自分にはもったいないくらいの副店長です」

そんな彼の言葉に、一悟は包み隠すことなく本音を告げる。

「頼りにしています」

「……………」

――一方、一悟は知らない事だが。

通話ブースへと向かうため、廊下《ろうか》の角を曲がったところで歩みを止め、和奏は一悟とエリア部長の会話を隠れて聞いていた。

そして――。

「……ふふ」

心底嬉《うれ》しそうに、頬を緩め。

胸の前で、拳《こぶし》をギュッと握《にぎ》り締《し》めた。

※　※　※　※　※

──日はすっかり落ち、時刻は夜。

空には月と星々だけが浮かんでいる──そんな闇空《やみ》の下、街灯《がいとう》が一定間隔《かんかく》で行き先を照らす高速道路の上を、一悟と和奏を乗せた車が走り抜ける。

会議も研修も終わり、今回の参加者たちはその場で解散という形になった。

そこで何人かは、この後一緒に食事に行こうという話をしていた。

近場からの参加者の中には、運転代行《だいこう》を呼んで飲みに行こうと発案している者もいた。

『釘山店長たちもどうです？』──と、一悟たちも声を掛けられ、和奏に関しては飲みの席にも誘われていたが、乗り合わせという事もあって断り、そのまま直帰《ちょっき》する形となった。

「店長、お疲れでしょう。私が運転をしましょうか？」

文化会館の駐車場にて、朝と同じように運転の交代を和奏が提案する。

「いえいえ、大丈夫です。和奏さんこそ、休んでください。なんだったら、寝ちゃってもいいので」

一悟はその提案を丁重《ていちょう》に断り、運転席に乗り込む。

本当に律義《りちぎ》というか、なんというか。

……もしくは、本当に疲れているように見えるのか──と、一悟は若干自分の見た目が心配になったりもした。

「そろそろ中間地点ですね」

「ええ、休憩にしますか」

何はともあれ、会場を出て高速に乗り、数十分。

一悟たちは、再び休憩でサービスエリアに寄ることにした。

「ちょうど、行きと同じところが近いですし、そこにしますか」

「はい」

一悟はウィンカーを出し、サービスエリアへ向かうよう車線変更をする。

入ったのは、行きの時と同じサービスエリアである。

このサービスエリアは上下線で施設共有の集約型なので、駐車場の位置は変わるが、建物等は同じものなのである。

車から降り、「うーん」と背筋《せすじ》を伸ばす一悟。

「あ」

そこで何かを思い出したように声を発し、助手席から下りた和奏を振り返った。

「和奏さん、折角《せっかく》ですし、夜景でも見ていきますか」

「え？　ああ、あの展望台の」

和奏も気付く。

今日、行きの時に、そんな話をしたのだと。

「いいですね、向かいましょう。あ、お手洗い等は」

「僕は大丈夫ですよ。えーっと……和奏さんは」

「私も問題ありません」

さりげなく確認を済ませ、そのまま、二人は夜の展望台へと向かう。

そして、朝来た時と同じ場所で、同じ風景を目にした。

そこには、朝とは違う光景が広がっていた。

「わぁ……綺麗ですね」

溜息交じりに、和奏がそう口にするのも頷《うなず》ける。

町の光がまるで星々のように、地上の闇を染め上げていた。

工場地帯の灯《ひ》も、芸術的で引き込まれそうになる。

それに、昼間見えていた遊園地も。

「観覧車がライトアップされてますね」

「はい……なんだか、懐かしい気分になります」

赤や青、ピンクや黄色の光が点滅し、鮮《あざ》やかなイルミネーションを展開している。

ロマンチックな演出で、夜の遊園地を盛り上げているようだ。

「遊園地かぁ……」

と、そこで。

一悟の耳に、和奏の囁《ささや》くような声音が聞こえた。

「子供の頃くらいにしか、行ったことがないなぁ」

――物凄く自然な、彼女の素《す》の声が聞こえた気がした。

「……すいません、こんなシチュエーション、僕なんかと一緒で」

「……え？」

一悟の言葉に、和奏が思わず顔を上げる。

「恋人と一緒の方がいいですよね」

「……………」

冗談交じりに言う一悟。

そんな一悟の顔を数秒見詰めた後、和奏は夜景の方へと向き直り。

「……店長は、お付き合いしている方はいらっしゃるんですか？」

そう問い掛けてきた。

「え？」

「店舗では、独《ひと》り身《み》と話をしていらっしゃいますが」

暗さも相俟《あいま》って、表情は判然《はんぜん》としない。

まるで、顔に真《ま》っ黒《くろ》なベールが下ろされているかのようだ。

そんな彼女に、一悟は普通に答える。

「はい、今はフリーです」

その言葉に、少し和奏の纏う空気が和《やわ》らいだ気がした。

「ええと、和奏さんは？」

こういう発言はセクハラにならないか？　と思いながらも、自然な会話を意識しつつ、一悟は尋《たず》ねる。

「私も、いません」

「そうですか」

一悟は、今日の会議会場での、周囲から賞賛《しょうさん》されていた彼女の姿を想起する。

それに、帰りに男性陣から飲みに誘われていたことも。

もったいない――と、率直《そっちょく》に思う。

彼女なら、引く手数多《あまた》だと思うのだが。

「でも、気になる人は……います」

そこで、どこか思い切ったように、和奏が言った。

意外な発言に、一悟は目を丸くする。

「そうなんですか？」

「はい、ただ……」

一転し、和奏は声のトーンを落とす。

「……あまり、強く踏み込めなくて」

「……」

つい先日の、ルナの言葉を思い出した。

休憩室の前で隠れながら聞いた、彼女の心の本音を。

「どうしてですか？」

追及《ついきゅう》していい話題か、察《さっ》して流す話題か。

冷静に考える前に、気付くと一悟は尋ねていた。

「その、変な言い方になってしまいますが……こんな、いい歳をした大人が、何を言っているんだろうと思うかもしれませんが……」

問われ、和奏もおずおずと話し始める。

少しずつ、言葉を探しながら。

「私はその人の事を、〝気付いたら〟好きになっていたんです」

「……気付いたら？」

「はい……特にこれといった、印象に残るような何かがあったわけではなくて、自然と、その人の事を考える時間が増えて、その人の為に何ができるだろうって考えるようになって……だから、気付いたら好きになっていたんだと思います」

恋焦《こいこ》がれる乙女《おとめ》のような、そんな告白だった。

和奏は、眼鏡の奥で目を伏《ふ》せる。

「でも……だから思うんです。相手の方は私なんて何とも思ってないんじゃないかって。それなのにこちらからアプローチしたり、そういった接し方を求めたりするのは、その……見苦しいだけじゃないのかって」

徐々《じょじょ》に、言葉尻《ことばじり》がすぼまっていく。

後半は、ほとんど掠《かす》れ声に近かった。

「ごめんなさい、私……その……あまり、恋愛に関する経験がないので、そういった事が、どうすればいいのか分からないというか」

暗闇で表情はもう一つよく分からない。

それでも彼女が今、とても恥ずかしそうな顔をしているという事だけは、なんとなく分かった。

「………」

「……申し訳ありません。個人的な上に、聞くに堪《た》えないお話を」

「いいんじゃないですか」

その話を聞き。

聞いて、咀嚼《そしゃく》して、理解して――一悟は口を開いた。

「〝気付いたら好きになっていた〟でも」

「……え」

「劇的《げきてき》な出会いをしたとか、何か大きな苦難《くなん》を一緒に乗り越えたとか、そんなドラマやイベントがなくたって、好きな人は好き——そうとしか言えないものだと、僕も思います」

そう。

一悟は彼女の話から、かつての朔良《さくら》の事を思い出していた。

まさに、一悟にとっての朔良が、そういう存在だった。

「恋愛において何が正解かなんて、誰にも分からないはずです。けれど……」

だから、一悟は和奏に言えるのはこれだけだ。

彼女同様、大して恋愛経験のない——たった一つの、淡《あわ》く切ない思い出しかない自分が言えるアドバイス。

かつての自分が、そうだったように——。

「何をすればいいのか分からないなら、まずは、自分が相手にしてあげたい事を考え、相手の為にそれをする、という風に意識するのはどうでしょうか？」

あの頃、一悟は朔良にそうした。

彼女の特別になりたくて。

自分にできることで、彼女を笑顔にしたい、幸福にしたいと、そう頑張《がんば》っていた。

「自分にできることで、相手を喜ばせられたり、自分を評価してくれそうなことをしていく。そうしていればきっと、その相手の方にとって和奏さんも、いずれは特別な存在になれると、そう僕は思います」

「…………」

気付くと、和奏は一悟の方を向いていた。

駐車場を走り抜ける車のヘッドライトが、彼女の顔を照らす。

呆けているような、瞠目《どうもく》しているような——いや、見惚れているような和奏の顔が、はっきりと見えた。

「偉《えら》そうにすいません。かく言う僕も、恋愛経験なんて高が知れてるので、話半分くらいに聞いておいてください」

「……いいえ」

瞬間、和奏はそこで、深く首《こうべ》を垂《た》れ、一悟へとお辞儀《じぎ》をした。

「ありがとうございます。店長のアドバイス、とても参考になりました」

そんな彼女に、一悟も微笑む。

自分の稚拙《ちせつ》なアドバイスが、多少なりとも彼女の懊悩《おうのう》を助ける要素になってくれたようだ。

「よかったです。和奏さんの真面目《まじめ》さと一生懸命さ、それに加えて、それだけの強い想いがあれば、きっと相手の方にも伝わりますよ」

「……はい、頑張ってみようと思います」

そう言って、和奏はジッと一悟を見詰める。

彼女の眼鏡越しに送られる、その熱を孕《はら》んだ視線が、あまりにも真っ直《ます》ぐで。

潤《うる》んだ瞳《ひとみ》の揺《ゆ》らめきが、あまりにも蠱惑《こわく》的で、ドキリと心臓《しんぞう》が高鳴る。

以前より、ルナから向けられていた視線を思い出す。

恋に焦《こ》がれる女性の目は、こうも魅力的になるのか——と、一悟は改めて思った。

「そ、そろそろ、帰りますか。夜風も冷たくなってきましたし」

「はい」

やがて、夜景を堪能《たんのう》した二人は、車へと戻ることにした。

「……私に、できる事」

その途中、和奏が小さく呟く。

「私が、してあげたい事」

強い風が同時に吹き、その風音で一悟は聞き取れなかったが、彼女は静かに、胸の前に持ち上げた拳をグッと握ると、決意を露《あら》わにした表情となった。

そして、駐車場に停めた車に到着すると——。

「店長！」

少し声を張《は》って、叫《さけ》んだ。

「は、はい」

一悟も思わず、少し驚《おどろ》き気味のリアクションになる。

そんな一悟に、和奏は言う。

「店長、ここからは私が運転を交代します。店長は、お休みになってください」

今日幾度《いくど》も聞いた、彼女の律義な提案。

一悟は毎度の事のように、感謝しつつ断ろうとする。

「大丈夫ですよ、そんなに疲れて――」

「お願いします」

しかし、今回に関しては、和奏も強く出て退《ひ》かない。

「……頑《かたく》なですね」

「はい。私は、店長にとって頼りになる副店長でいたいので」

その言葉を聞き、その表情を見て。

「……じゃあ、お言葉に甘えさせてもらいます」

どうやら、一悟が疲れている顔をしているからとか、そういうわけではないらしい。

彼女は純粋に、一悟の役に立ちたいのだ。

「はい」

和奏はとても誇らしそうに、一悟に答えた。

※　※　※　※　※

「お疲れ様です、店長」

「……え？」

――気付くと、和奏に運転を交代してもらった車は、店舗の駐車場に到着していた。

どうやら、寝てしまったようだ。

和奏の運転が、あまりにも静かで心地よすぎた為だ。

「気分はいかがですか？」

「はい、お陰様《かげさま》で……やっぱり、疲れてたのかな、僕」

長時間、同じ姿勢で座ったままだった体を解きほぐすように、一悟は首を左右に動かす。

その隣《となり》で、和奏はニコッと笑う。

「私、運転には自信があるんです。静かで、一緒に乗っていると安心して落ち着けると、友達にもよく言われます」

「………」

どうやら、自分では意識していなかったが、溜《た》まっていた疲れを彼女に癒《い》やしてもらったようだ。

「お疲れ様でした、店長。では、また明日」

「はい、また明日」

その後、社用車から降りた二人は、駐車場で別れの挨拶をする。

明日は通常通り、店舗に出勤だ。

和奏は自分の車に乗り込み、帰って行く。

それを見送ると、一悟も自分の車に乗り込もうとする。

そこで――。

「だーれだ」

いきなり後ろから、一悟の視界が手の平で覆《おお》われた。

突然の事にびっくりする一悟だったが、聞こえてきた声から犯人は一瞬《いっしゅん》で分かった。

「ルナさん……」

「正解。えへへ、お疲れ様、イッチ」

振り返ると、そこに姫須原《ひめすばる》女子の制服を纏ったルナの姿があった。

彼女はシフト的に、今日は学校終わりからの仕事だったはずだ。

「僕を待っていたのかい？　こんな時間に、こんな場所で、一人でいるなんて危ないじゃないか」

「大丈夫だよ、お仕事はついさっき終わったばかりだし、ちょっと前まで他のアルバイトさんと一緒にお話しして待ってたから」

ちゃっかり言い訳を用意しているルナに、一悟は嘆息《たんそく》する。

そして、仕方なし、というか、当然だが、そのまま一悟の車で、彼女を家まで送ることになった。

「え、イッチたち、あのサービスエリアのソフトクリーム食べたんだ！　いいなぁ！」

その車中。

今日の出張に関する話をしていると、サービスエリアの名産ソフトの話題にルナが食い付いた。

「おいしかった？」

「ああ、おいしかったよ。和奏さんと一緒に、展望台で景色《けしき》を眺めながら食べたんだ。その展望台の風景も凄くてね、帰りは夜景も見てきたしね」

「ふーん……」

そこで、ルナが一悟をジッと見ながら、いつかのように唇《くちびる》をムニムニと動かしている。

「楽しかったんだね」

「え？　ああ、まぁ」

どこか嫉妬《しっと》するように向けられてくるルナの視線に、一悟は少しドキッとしながら返答する。

「和奏さん、美人だし、スタイルもいいし、しっかりした大人の女性だもんね」

「それは、別に関係ないじゃないか」

「和奏さんも、イッチのこと気になってたりして」

「絶対ないよ。和奏さん、想いを寄せている人がいるって相談されたしね」

……なんで、こんな浮気《うわき》を疑われているような状況になっているのだろう――と、一悟は率直に思う。

一方、一悟の台詞《せりふ》を聞き「そうなんだ」と、ルナは少し安堵《あんど》したような表情になった。

「いいなぁ、私もイッチとドライブに行きたいな」

「ドライブじゃないよ、仕事だよ」

「そうだけど……あ、ヒマワリソフトも食べた？　今、テレビとかＳＮＳで凄く話題なんだよ？」

「ああ、あのヒマワリの種がちりばめられてるやつか」

話題が切り替わったので、一悟は安堵しながら会話を継続する。

ルナの口から出た名称は、あのサービスエリアの売店でも推されていた商品。

話題沸騰――という宣伝文句に偽《いつわ》りはなかったようだ。

「食べてないよ。流石に、ヒマワリの種まみれのソフトクリームは、ちょっと買う気にならないから」

「あはは、大丈夫だよ。だって、ヒマワリソフトに入ってるヒマワリの種は本物じゃなくて、チョコレートコーティングされたアーモンドだから」

「え、そうだったんだ」

どうやら、勘違いをしていたようだ。

「でも、見た目は完全にヒマワリの種にしか見えなかったからなぁ……」

「もったいないなー」

一悟の話を聞き、おかしそうに笑うルナ。

……もしも、今日のサービスエリアにルナと一緒に行っていたら、和奏とはまた違った展開になっていたのかもしれない。

同年代の女性と、まだ若い女子高生。

やっぱり、感性は全然違うんだな——と、当然の事を今更のように考える一悟だった。

「次は、私も連れていってほしいな」

「まぁ、また機会があったらね」

その機会は、すぐに訪れるような気がする——。

今日までの彼女と過ごした日々の経験から、直感的にそう思った。

同時に、不安とも期待とも取れるような感覚を覚えながら、一悟の運転する車は今夜もルナの家へと向かい、走るのだった。

……季節が、本格的に夏に入ったからだろうか。

ある時、ふと、一悟《いちご》は朔良《さくら》と行った夏祭りの記憶《きおく》を思い出した。

あの海に行った、中学一年の夏のことだ。

地元で開催される夏祭りに、朔良を誘ったのだ。

朔良も、そんな一悟の誘いに喜んで応じてくれた。

——そして、当日。

笛《ふえ》と太鼓《たいこ》の音色が奏《かな》でる祭囃子《まつりばやし》。

夕暮《ゆうぐ》れ時の、マゼンタとシアンが溶け合う不思議な色合いの空。

盆《ぼん》時期特有の、線香《せんこう》の匂《にお》いと熱気が混ざった空気。

人の流れと騒がしさ、活気《かっき》に満ちた屋台《やたい》が並ぶ。

『お待たせ、イッチ』

そこで、会場で先に待っていた一悟の元へ、朔良は遅れてやって来た。

彼女を家まで迎えに行く——と言ったのだが、準備があるから先に行っていてと言われたのだ。

準備？　……と一悟は不思議《ふしぎ》に思っていたが、登場した彼女の姿を見て納得《なっとく》した。

——現れた朔良は、浴衣《ゆかた》を着ていた。

『どうかな、イッチ。やっぱり、最初はうちじゃなくて、ここで見てくれた方が、一番見栄えがいいかなと思って』

言いながら、朔良は首元に手を当てる。

少し緊張しているのか、頬《ほお》が朱《しゅ》に染《そ》まっている。

朔良の浴衣姿。

白色の生地に、薄青《うすあお》色の染料で花の柄《がら》が描かれた、大人な色合いの浴衣。

いつも下ろされている長く艶《あで》やかな黒髪は、今は結《ゆ》い上げられており、うなじが露《あら》わとなっている。

普段、あまり見る機会のない朔良の体の箇所。

首筋《くびすじ》に、ほくろを発見した。

心臓《しんぞう》が跳《は》ねる。

思わず、喉《のど》が鳴る。

中学三年生——まだ十代も半ばの彼女に、大人以上の色気《いろけ》を覚えてしまった。

『似合《にあ》ってる……』

と、素《そ》っ気《け》なく言うが、逸《そ》らした視線と赤らんだ顔から、本心は彼女にバレバレだったかもしれない。

『ありがとう』

そう、朔良も面映《おもは》ゆそうに笑っていた。

――この夏の夜、一悟は一層強く、彼女の魅力を知った。

綿《わた》あめに顔を近付け、はむはむと小動物のように口に含《ふく》む愛らしい姿。

射的《しゃてき》で景品に弾《たま》を当て、嬉《うれ》しそうにはしゃぐ姿。

屋台で買った焼きそばを美味《おい》しそうに食べる姿。

そして祭りの最後に、一緒《いっしょ》に打ち上げ花火《はなび》を見た。

夜空を染め上げる、赤や青や、色鮮《あざ》やかな光。

その光に照らされた彼女の横顔は、儚《はかな》さと麗《うるわ》しさに満ちていた。

夏の、まだ青みがかった夜空を彩《いろど》る火花の芸術。

それを見上げる朔良の横顔を、一悟は見詰める。

『どうかした？　イッチ』

そんな一悟の視線に気付き、朔良が振り向く。

『いや、別に……』

一悟は言葉を濁《にご》した。

綺麗《きれい》だ――。
その一言が、結局出なかった。
意地なのか、何なのか。
言っておけばよかった。
いや、言わなくてよかった。
今になってしまえば、そのどちらが正解だったのか分からない。
『また、来年も来よう』
誤魔化《ごまか》すように口走った一悟の台詞《せりふ》に、朔良は一瞬《いっしゅん》の間《ま》の後――優しく微笑《ほほえ》む。
『うん、来年も、来ようね』
その年の夏祭りは、一悟の人生の中でも、最高の思い出……に、なるはずだった。
彼女と行った、最後の夏祭り。
あんな悲痛な記憶に、上書きされなければ……。

※　※　※　※

――八月。
世間《せけん》は、すっかり夏休みに突入している。

一悟の勤める大型雑貨店の客数も、以前に比べ明らかに増加していた。

平日も休日もほとんど関係なく、大勢の家族連れや、普段は来ないような客層も店を訪れている。

毎日レジはフル稼働《かどう》で、季節商材の殺虫剤は、昨年以上の売り上げで推移《すいい》していた。

網戸《あみど》用品や、除草《じょそう》用農具の売り上げも良好だ。

やはり、夏休みを利用して網戸の張り替えや、庭の草むしりをする家庭が多いのかもしれない。

それに、海水浴用品に花火、ＢＢＱグリルや木炭等のレジャー用品。

仏花《ぶっか》や供物台《くもつだい》等のお盆用品も飛ぶように売れている。

一悟が各販売ラインと意見を擦《す》り合わせて作った売り場展開と、購買意欲喚起《かんき》の企画媒体《ばいたい》がしっかりとハマったようで、忙《いそが》しいながらもそれに見合った成果が出ていた。

「いやぁ……大変ですね」

そんな活気に満ちた店内を、一悟は一人の男性と一緒に回っている。

ツーブロックの髪をワックスで整え、眉《まゆ》も細く揃《そろ》えた、キリっとした顔の男性。

イケメンと称して差し支《つか》えない外見の人物だ。

美容師《びようし》と言われても通用しそうな雰囲気《ふんいき》である。

彼はＦ《フレンドリー》Ｌラインという、いわゆるレジアルバイトを統括《とうかつ》するラインのマネージャーで、名前を押方《おがた》という。

年齢と社歴《しゃれき》は一悟の一つ上で、和奏《わかな》と同期《どうき》だ。

「流石《さすが》っすね、店長。エリア内でうちの店舗の売り上げが、ダントツで昨年対比超えてますよ」

「いえいえ、それだけ多くのお客さんが来ても、接客やレジ打ちで買い物を捌《さば》けなければ意味がありません。それもこれも、しっかり人員を確保してくれた押方さんと和奏さんのおかげですよ」

長期休暇が始まると、当然帰省《きせい》や地域行事の関係で、働きに来る事のできるアルバイトが極端《きょくたん》に減少する。

直接的に、店舗の人手不足へと繋《つな》がるのだ。

そこを、彼と副店長の和奏が協力して、この時期にしては充分な人を集めてくれたのである。

おかげで、人手が足りずに店がアップアップになるという、この季節の接客業でよくある事態は、無事避けられたようだ。

そこで——。

「お姉ちゃん、ここをこうすればいい？」

「そう、上手上手《じょうず》！」

ちょうど、工作室の前を通り掛かったところで、そんな元気のいい声が聞こえてきた。

本日も開催されている工作・レクチャー教室。

フォローで入ったＤＩＹラインの社員に見守られつつ、ルナは担当者としてしっかり活躍している。

おそらく、夏休みの宿題で工作の課題が出されたのだろう。

集まった子供たちを相手に、楽しそうに、そしてしっかりと講師を務めているようだ。

「忙しいところごめんね、講師さん。この場合、ペンキって何を使えばいいのかな？」

そこで、別のテーブルで木工品を作製していた、レクチャー教室の参加者がルナに声を掛けた。

「あ、ええとですね」

「ルナちゃん、木材の木目《もくめ》を活《い》かすなら、こっちの保護塗料《とりょう》がいいと思うよ」

そこで、他のレクチャー教室の参加者が、横からルナに助言をした。

その人物は、先日一悟とルナが講師をした日にもやって来ていた、女性客の一人だ。

こんな感じで、レクチャー教室に関しては、彼女たち常連《じょうれん》のお客さんたちにも協力してもらうことで、滞《とどこお》りなく接客を行えている。

まだ知識と経験は浅いが、それを一生懸命さと誠実さで十分カバーできている様子だ。

おかげで、こうしてルナ一人に、完全に講師を任せきることができている。

「あの娘《こ》も、流石ですね。すっかり工作室の顔だ」

そんなルナの姿を見て、押方も感心している様子である。

「あの働きっぷり、正社員顔負けですよ」

「ええ、まだ高校一年生なのに、本当に頼りになります」

一悟もそう、ルナを賞賛《しょうさん》する。

嘘偽《うそいつわ》りない本心だ。

「俺が十代の頃って、あんなにしっかりしてたかなぁ？　もっとちゃらんぽらんだった記憶があるけど」

「ははは」

腕を組んで「うーん……」と唸《うな》る押方に、一悟は笑う。

こんな軽薄《けいはく》そうな感じだが、彼は家族を大事にしている愛妻家《あいさいか》である。

すると――その時だった。

偶然、ルナの視線が一悟たちの方へと向けられた。

そして、一悟が自分を見ている事に気付いたのだろう。

ルナはニコッと笑って、小さく手を振ってきた。

突然の所作《しょさ》に、一悟は慌《あわ》てて目を逸らし、せき払いして誤魔化す。

（……しっかりしてる、か）

でも、本当の彼女は、甘えん坊で、あんな感じで悪戯《いたずら》っ子な部分もある、年相応《としそうおう》の子供な

のだ。

※　※　※　※　※

「もうすぐ、うちの地区で夏祭りが開催されるんだけどさ」

――昼食の時間。

ちょうど一悟と和奏が、一緒に休憩室《きゅうけいしつ》へと入って来たところでだった。

先に休憩室に来ていた、インテリア担当者の主婦パート社員――園崎《そのざき》が、一緒に昼食を食べているメンバーたちに、そう話をしていた。

「地区の実行委員にあたしも入っててさ、色々と協力してるんだよね」

夏祭り――。

どうやら、園崎の暮らす地区で夏祭りが開催され、彼女も実行委員の一人として参加しているようだ。

「開催日は、いつ？」

「五日後。盆踊りとか縁日《えんにち》とか、打ち上げ花火もあるから、みんなも遊びに来てよ」

「うーん、行きたいけど、あたしも別の地区の夏祭りの役員だからね」

「あら、そうだったんだ」

「この時期、色んな場所でお祭りが開かれますからね」

主婦さん同士のこんな会話も、ある種、夏の風物詩《ふうぶつし》である。

「ルナちゃんはどう？　夏祭りとか興味ある？」

「はい。夏祭り、楽しそうですね」

ルナも同席していたようで、園崎に聞かれてそう答えている。

「じゃあ、是非《ぜひ》来てよ。ほら、この前、好きな人いるって言ってたよね。その人とか誘ったりしてさ」

いきなりの園崎の発言に不意《ふい》打《う》ちを食らい、一悟はビクッと体を強張《こわば》らせる。

「如何《いかが》しました？　店長」

「いえ……大丈夫《だいじょうぶ》です」

和奏に心配され、一悟は誤魔化す。

そこで、一悟たちが休憩室にやって来たことに、ルナも気付いたようだ。

「……店長」

彼女は、一悟と和奏の方を見て、尋《たず》ねてきた。

「店長たちは、夏祭りに興味はありませんか？」

「………」

……これは。

流石に、一悟もルナの思惑《おもわく》に感付く。

完全に、匂わせている。

一緒に行きたいと、そういう意図《いと》だろう。

（……いやいや）

当然、彼女と二人だけで夏祭り……などというのは、絶対に無理だ。

大手を振って人通りを歩ける関係ではない。

会社の上司と部下——だからと言っても、二人きりというのは無理がある。

「園崎さんも、店長たちが遊びに来たら嬉しくないですか？」

「そりゃあね」

更に園崎にも援軍《えんぐん》を頼み、ルナは熱烈《ねつれつ》にアプローチをしてくる。

一悟は、なんとかこの話題をナアナアに流す方法を模索《もさく》する。

そこで。

「いいね、みんなで行こうよ、ソノちゃんの地区の夏祭り」

賛同《さんどう》したのは、同席していた女子大生アルバイトたちだった。

いつも一緒にいる、仲良し三人組のアルバイトたちである。

名前は、佐々木《ささき》さんと、石館《いしだて》さんと、堀之内《ほりのうち》さん。

「ルナちゃんも一緒に行こう」

三人組の一人――佐々木が、ルナの肩《かた》に手を置き、そう誘った。

「え、いいんですか？」

「いいよいいよ、一緒に楽しもう」

「あ、お、俺も俺も！　俺も行っていいかな！」

とそこで、少し離れた席で聞き耳を立てていたのだろう。

男子アルバイトの青山《あおやま》が、勢いよくやって来た。

が。

「お前は来んな」

ためらいもなく、そう辛辣《しんらつ》に断られてしまった。

「あんた、この前撃沈《げきちん》したくせに、まさかまだルナちゃん狙《ねら》ってるんじゃないでしょうね」

「違う！　俺は純粋《じゅんすい》に、清《きよ》い心でルナさんが可愛《かわい》いと思っているだけだ！　それだけだ！」

「それだけだ、じゃねーよ」

石館と堀之内にボコボコにされる青山。

「あ、和奏さんもどうですか？」

佐々木が、続いて一悟の横に立っていた和奏にも声を掛けた。

「あ、私ですか？」

突然に話を振られ、和奏は驚いた様子で反応する。

「もしかして、もう何か予定が入ってます？」

「いえ、特には……あ」

と、そこで。

和奏は隣の一悟を見て、何かに気付いたように声を上げた。

「その日は、押方さんがワントップの日なので、店長もお休みですよね？」

「え？」

和奏の発言に、黙考《もっこう》していた一悟は意表を突かれる。

「いえ、余計な事かもしれませんが！　その、店長も参加できたら楽しいかと思いまして……」

「本当ですか⁉」

慌てて言葉を繋げる和奏の一方、彼女の発言にルナが目敏《めざと》く乗ってきた。

「いいねいいね、和奏さんが来るなら、店長も来なよ」

更に、園崎も。

「いや、あの……」

とんとん拍子《ぴょうし》で進んでいく話に、一悟は口を挟《はさ》めない。

「どっすか？　店長。その日、何か予定とかあります？」

「い、いや、特にないけど……」

佐々木に聞かれ、一悟は動揺《どうよう》しながらも素直《すなお》に答える。

確かに、園崎の地区の夏祭りの日——その日はシフト上、一悟も休日である。

そして、特に用事があるわけでもない。

「じゃあ、和奏さんと店長も参加決定ね」

「いいねいいね」

「こういうイベントに、店長たちと行く機会ってあんまないもんね」

一悟と和奏の参加に、女子大生たちも盛り上がる。

「だって、ソノちゃん」

「了解、みんなが来るの待ってるからね」

一悟が何かを言う前に、既《すで》に決定事項になってしまった。

その間ずっと、ルナはキラキラとした眼を一悟に向けてきていた。

——というわけで、五日後。

一悟は職場の女子大生アルバイトたちと和奏……そしてルナと、夏祭りに行くことになったのだった。

※　※　※　※　※

「やってくれたね……」

——その日の夜。

仕事が終わった後の、夜。

今夜もルナの家を、一悟は訪れていた。

もうここに来るのも、ほとんど当たり前になってしまった。

先に退勤《たいきん》したルナに、新しい工作教室の業務内容を教えに来たのである。

「えへへ、楽しみだね、イッチ」

疲《つか》れた顔で、少し責《せ》めるように言った一悟に対し、彼の来訪《らいほう》を部屋で待っていたルナは、心の底から嬉しそうだ。

ちなみに、今日の彼女はパジャマ姿。

夏祭りに行くことが決まり、気分も高揚《こうよう》している様子である。

そんな彼女の様子を見て、一悟は溜息《ためいき》を吐《つ》く。

（……また、心労《しんろう》の溜《た》まりそうなイベントだな）

しかし、仕方がないと言えば、仕方がない。

彼女はここ最近、折角《せっかく》の夏休みだというのにかなりシフトを入れてくれて、店を助けてくれている。

更には急な店内での配置換えにも応じてくれて、仕事が終わった後も、こうして精力的に仕事内容を覚えようと勉強を欠かさない。

感謝しているのは事実だし、彼女も厚意から誘ってくれたのだ。

その想いを無下《むげ》にはできない。

「まぁ、佐々木さんたちも楽しそうにしていたし、偶《たま》にはこういうのもいいか」

「うん、私、佐々木さんたちとラインのアドレス交換したんだ」

ルナは手にしたスマホの画面に視線を落とす。

ちょうど、彼女たちと会話中だったようである。

「みんな、当日はオシャレしてくるって……」

そこで、ふと、ルナの動きが止まる。

「……あ、そうだ」

そして、何か思い付いたように、呟《つぶや》いた。

「どうしたんだい？」

「ううん、今は内緒《ないしょ》」

問い掛けた一悟に対し、ルナは悪戯っぽく笑って答える。

「お祭り当日、楽しみにしててね」

「………」

なんだろう。

なんとなくだが、以前彼女の家の家具を壊してしまった際に、サプライズで店にやって来た、あの時と同じ感覚を――一悟は感じた。

※　※　※　※　※

――そして、時間はあっという間に経過し。

今日は、夏祭り当日。

「そんなに、距離はなかったな……」

園崎が暮らしている地区の夏祭り会場は、一悟の家から歩いて数分ほどの場所だった。

会場に到着すると、既に祭りは始まっており、多くの来客《らいきゃく》で賑《にぎ》わっている。

騒《さわ》がしさと活気……何より、懐かしい感覚を、一悟は覚える。

まるであの夏、朔良と一緒に行った時のような、あの空気だ。

「えーっと、みんなはまだかな」

一悟はスマホを取り出し、時間と新着メッセージの有無《うむ》を確認する。

女子大生三人組とルナ、和奏とは、会場で直接待ち合わせの予定なのだ。

未成年のルナに関しては迎えに行こうかとも提案したのだが、みんなと一緒に行くから大丈夫、と丁重《ていちょう》に断られた……。

「……ん？」

この展開、前にもどこかで……。

何か引っかかるところを覚え、一悟がそう考えていたところで。

「店長、お待たせ～」

聞き覚えのある声が聞こえ、振り返ると、見覚えある女子大生たちがこちらにやって来るのが見えた。

「……あ」

みんな、浴衣を着ている。

佐々木も、石館も、堀之内も、浴衣姿だ。

そして当然――和奏も。

「申し訳ありません、少々浴衣を着るのに手間《てま》取ってしまいまして」

髪を掻《か》き上げながら、恥《は》ずかしそうに言《い》う和奏。

普段の仕事着や私服とは違う、和風の淑《しと》やかな雰囲気。

朱色を基調にした着物を纏《まと》う、平生《へいぜい》とは印象の違うその姿からは、男心を擽《くすぐ》る色気が感じられる。

「浴衣を着るのは久《ひさ》しぶりなので……い、如何《いかが》でしょうか？　店長」

そう聞いてくる和奏に、今し方覚えた感想を、そのまま伝えるのは、あまりよくないだろう。

一悟は心を落ち着かせつつ、「似合ってますよ」と、下心のない微笑みで返した。

「店長」

そこで、背後から声が掛けられる。

この場にいない人間は、あと一人しかいない。

きっと、彼女も――……。

そんな危機感なのか、淡《あわ》い期待なのか、どっちともつかない心情を抱きながら、一悟は振り返る。

そこに、ルナがいた。

「………」

思わず、一悟の顔が硬直《こうちょく》する。

「お待たせしました、えへへ」

そう言って、はにかむように笑うルナが纏っているのは、白地に薄青色の、落ち着いた色合いの浴衣だった。

あの夏の、夏祭りの日に、朔良が着ていたのと同じ色。

否、色だけではない――柄《がら》も、サイズも、全てが嘘のように被《かぶ》っている。

それを、彼女と瓜二《うりふた》つのルナが身に着けているのだ。

ご丁寧《ていねい》に、同じように黒髪を結い上げ、うなじを露わにして。

これは夢なのか現実なのか、分からなくなった。

「どう、ですか？」
黙《だま》ったままの一悟に、ルナは不安げに聞く。
そっくりだ。
浴衣の色合いも、結った髪も。
そして、首筋《くびすじ》には——。
「…………」
ほくろは……ない。
……当たり前だ。
急速に、頭の中が冷えていく。
けれどそれは、気分が落胆《らくたん》したとか、そういう意味では決してない。
ここにいるのは朔良じゃない。
彼女の娘、ルナなのだ。
その姿からは、一生懸命頑張《がんば》って、おしゃれしようとした努力が伝わってくる。
健気《けなげ》で、愛《いと》おしい印象を受ける。
「とても、似合っているよ」
だから一悟はルナに、そう伝える。
一見は、大人が子供の努力を誉《ほ》めるような、そんな言葉に聞こえるかもしれない。

しかし、包み隠すことのない本心でもある。

「あ、ありがとうございます……」

その一悟の発言に、ルナは目を見開き、一気に顔を赤らめる。

同時に、物凄《すご》く嬉しそうでもあった。

「ほんとほんと、ルナちゃんかわいい！」

「その浴衣とか、結構いい生地《きじ》使ってるっぽくない⁉」

「ていうか、着付けとかよく分かったね。あたしなんか、全然分かんなかったし」

そこで、女子大生たちがルナに纏わり付き、そう盛り上がる。

「えへへ、私もです。だから、インターネットで勉強しました」

ルナは照《て》れながら彼女たちに受け答えする。

その間に、一悟は視線を逸らし、熱くなっていた頬を密かに冷ますことにした。

「さてと、じゃあそろそろ行きますか」

「ソノちゃんの屋台ってどこだっけ？」

「あ、確か、あちらの方だと」

そう話しながら歩き出す佐々木、石館、堀之内と、先導する和奏。

その後ろに、一悟とルナが続く。

「……イッチ」

そこで、不意にルナが一悟へと顔を寄せてきた。

ひそひそ声で、耳打ちをする。

「この浴衣ね、夏祭りに行くって決まった後、実家から送ってもらったんだ」

「実家から……」

「うん。お盆の帰省《きせい》のことで電話を掛けた時、偶然《ぐうぜん》おばあちゃんとそういう話になって。元々、浴衣は着てこうと思ってたんだけど、私にも買えるくらいのものだとするとどこで探すのが良いかなって。そうしたら、家に眠ってる浴衣があるからって、送ってくれたんだ。私もびっくりしちゃった」

「………」

ルナの実家――即《すなわ》ち、朔良の実家。

だとすると、この浴衣は……昔、朔良の纏っていた浴衣と同じもの、という可能性が高い。

ジッと、ルナの姿を見据《みす》える。

見間違えじゃないか入念《にゅうねん》に確認するが……間違いない。

記憶の中の造形《ぞうけい》と合致《がっち》している。

……いや、自分の記憶だって、確信が持てるものではないのだが、それでも直感的に断言《だんげん》できる。

確かに、あの夏、朔良が着ていた浴衣だ。

……ルナは、その事を知っているのだろうか。

「……えへへ、なんだか恥ずかしいなぁ。イッチ、浴衣が好きなの？」

そこで、一悟の熱の籠《こも》った視線に見詰められ続け、ルナが照れ隠しのように笑う。

「あのね、浴衣は送ってもらったものだけど、この髪飾《かざ》りとか、下駄《げた》とか、あと帯も、イッチにもらったお金で買い揃えたんだ」

「……この前渡した二万円か」

しばらく前――ルナと互いの本心を理解し合い、そして久しぶりに彼女の家を訪れた時に、生活の足しにと渡したお金だ。

そしてどうやら、先日の夜――彼女が何か思い付いていたのは、この浴衣の事だったらしい。

「決して安い買い物じゃないし、もしかしたらイッチに怒られるかなって思ったけど、喜んでもらえてよかった」

ルナは、嬉しそうにそう囁《ささや》き、ニコッと無垢《むく》に笑う。

「別に、怒りはしないよ。君の好きなように使ってもらっていいんだから」

一悟も、否定することなくそう答える。

「うわー、凄い人の数」

「そして、やっぱりカップルばっか」

一方、先行する佐々木たちは、徐々《じょじょ》に増えつつある人の流れを見回しながら、そうコメントしていた。

「佐々木さんたちは、彼氏さんと来る気はなかったのですか?」

和奏が、佐々木たちに問い掛ける。

「んー、別にいいかなって」

「友達同士の方が楽しいし」

彼女たちは、まったく恋人になど興味ないといった感じで、そう答えた。

（……そんなものなのかな）

しかし一方、確かに、祭りの風景の中には恋人連れも多い。

浴衣の女性と、甚平《じんべい》姿の男性という組み合わせが、あちこちに見られる。

「イッチも、着物を着てくればよかったのに」

横から、ルナが小声で呟いた。

「そうすれば、夏祭りデートなのに」

一悟が脇腹《わきばら》を軽く小突《こづ》くと、ルナは「えへへ」と笑って体を捩《よじ》った。

※　※　※　※　※

一悟とルナたちがまず真っ先に向かったのは、園崎のいる屋台だった。

「お！　店長に和奏さん、ルナちゃんにみんなも！　よく来てくれたね！」

園崎は氷の入った大きな桶《おけ》で、飲料を売っている屋台の担当だった。

法被《はっぴ》姿で鉢巻《はちまき》をしているのが、豪快《ごうかい》な彼女によく似合っている。

彼女と簡単な挨拶《あいさつ》を交わし、そのまま屋台で飲み物を購入させてもらう。

「食べ物とかも売ってます？」

「あるよ、この屋台の列をもう少し先に行くと、色々やってるから」

佐々木の質問に、園崎が立ち並ぶ屋台の方を指さして説明する。

「じゃあ、ちょっと屋台巡《めぐ》りでもしますか」

「酒のつまみが必要だしね」

「焼きそばとか買おうか」

と、園崎の屋台でアルコールを仕入れた佐々木たちは、酒の肴《さかな》になりそうなものを求めて屋台の列を進んでいく。

（……完全に飲みのモードだな）

そんな彼女たちの後に続いて、一悟とルナ、和奏も人々で賑わう露店街を散策《さんさく》する。

「あ」

そこで、ルナが何かを発見したのか、足を止めた。

見ると、そこにあったのは金魚《きんぎょ》すくいの屋台だった。

「金魚すくい、か」

「懐かしいですね」

屋台の上に掲《かか》げられた大きな看板《かんばん》。

そこに大きく書かれた文字を見て、一悟と和奏はノスタルジーを覚える。

金魚すくいなんて、本当に子供の頃以来だ。

「……やってみたいのかい？」

大きなタライの中を泳ぎ回る、小さな赤い金魚たち。

その光景をじっと見詰めるルナに、一悟は問い掛けた。

「ちょっと、興味があったり……」

ルナは、照れ混じりに微笑みながら呟く。

その子供っぽい姿に、一悟は思わず頬を緩《ゆる》める。

「折角《せっかく》のお祭りなんだし、やってみたらどうだい。佐々木さんたちも、まだ色々と物色《ぶっしょく》してるようだし」

「いいんですか？　……でも、私一人だけっていうのも」

おずおずと、ルナは言う。

こんな時でも律義《りちぎ》だなぁ、と一悟は思う。

「じゃあ、私も久しぶりにやってみようかな」

そこで、和奏が助け舟を出した。

「星神《ほしがみ》さん、一緒にやりましょう」

「は、はい！」

和奏に誘われ、ルナは嬉しそうに答える。

ルナの遠慮《えんりょ》を取り払うための和奏なりの配慮《はいりょ》か、それとも、本当に彼女もやりたかっただけか、それは分からないが。

（……どちらにしろ、和奏さんがいてくれてよかった）

と、一悟は率直《そっちょく》に思った。

何はともあれ、ルナと和奏が一緒に金魚すくいに挑戦する。

屋台の店員にお金を払い、それぞれポイと碗《わん》を受け取り、タライの前にしゃがみ込む。

気合を入れ、ポイを水面《みなも》に入れるルナ。

しかし――。

「あ……」

すぐに和紙が破れ、ルナは一匹も取ることなく終わってしまった。

「もしかして、金魚すくいは初めてかい？」

意気消沈《しょうちん》するルナに、一悟が問い掛ける。

ルナは少し恥ずかしそうに「はい、実は……」と言った。

なるほど、ならば、先程あんなに興味を惹《ひ》かれていたのも頷《うなず》ける。

「ルナさん、金魚すくいにはコツがあるんです」

そこで、和奏が手に持ったポイを見せながら説明を始めた。

「金魚を狙う際には、頭の方からポイを差し込むと、逃げようとして横を向きます。お腹《なか》を見せるその瞬間を狙うと、すくいやすいですよ」

「な、なるほど」

「それと、水面からポイを出す時は、水面に対し少しナナメにして、金魚をポイの縁《ふち》に乗せるようにすると、紙も破れにくいです」

ふむふむと頷くルナ。

和奏のアドバイスを受け、彼女はポイを購入しなおし、もう一度挑戦する。

「やってみます」

そして、和奏に言われた通りにやってみると――。

「あ！　取れました！」

今度は上手《うま》くいったようだ。

ポイを破くことなく、碗の中に小さな金魚を一匹獲得した。

「やりましたね」

「はい、和奏さんのお陰です」

ルナに褒《ほ》められると、和奏は眼鏡《めがね》をキラッと光らせて、どや顔をしていた。

(微笑ましいなぁ……)

そう思いながら、一悟はその光景を見守る。

そんな感じで、和奏もルナも無事、金魚をゲット。

「店長、三匹も取れました！」

ビニール袋に入った金魚を、嬉しそうに見せてくるルナに、一悟も破顔《はがん》する。

「よかったね。お店のペット用品のコーナーで金魚鉢《ばち》が売ってるから、それで飼うといいよ」

「はい！」

※　※　※　※

金魚すくいをした後、一悟たちは佐々木たちと合流。

彼女たちが見付けた屋台で、一緒に食べ物を幾《いく》つか買うと、テーブルと椅子《いす》が複数設置されている広場へと皆で向かった。

「「「かんぱーい！」」」

席に着くと同時に、佐々木、石館、堀之内の三人は、早速《さっそく》買ってきたお酒を掲《かか》げ合わせ、勢いよく飲み始める。

「店長たちもどうですか？」

「いや、僕《ぼく》はいいよ……」

「私も、今日は大丈夫です」

彼女たちの誘いを、年長者として一悟と和奏はさりげなく断った。

断りながら、一悟は佐々木たちの手に持っている缶《かん》を見る。

（……スト●ングゼロの大缶だ……）

彼女たちの持っているのは、高アルコール指数の酎ハイである。

（……最近の女子大生って、結構平気であああいうのも飲むんだな……いや、大学生くらいが人生で一番お酒を飲むのか？）

あんなにごくごく勢いよく飲んで大丈夫か？　——と、困惑《こんわく》する一悟。

しかし、一悟のそんな心配は早速現実のものとなった。

「さっきはあんなこと言ったけど、あたし本当は彼氏欲しいっ！」

「それな！」

飲み始めて数分後——瞬《またた》く間に佐々木たちは酔《よ》っぱらってしまったのだ。

「てんちょー、やっぱりうちらも彼氏欲しいっす」

「いい人紹介してくれませんかー？」

「いや、いい人って言われてもなぁ……」

既に呂律《ろれつ》が回らなくなり始めている佐々木たちに絡《から》まれ、一悟も困り顔で接する。

だが、別に嫌ではない。

この職業柄、様々な年代、性別を問わずに多くの人間とコミュニケーションを取る。

相手は多少若いといっても、20代の女子だ。

会話自体は苦ではなく、むしろ波長《はちょう》は近い部類である。

「いい人って言ったら、青山君がいるじゃないか。彼も確かフリーじゃ――」

「いや、ないです」

「マジでない」

「マジ無理」

全員が真顔で口を揃えてそう言った。

若干《じゃっかん》食い気味《ぎみ》のジェットストリームアタックだった。

（……青山君、不憫《ふびん》）

「まぁ、あいつもいい奴《やつ》なんだけどね。付き合うってのはない」

「ていうか店長、今完全にあたし等がどういうリアクションするのか分かっててアオヤンの名前出したでしょ」

「違うよ。どれだけ性格が悪いと思ってるんだ」

苦笑する一悟。

「でも青山君、ご高齢《こうれい》のお客様からは凄い人気ですよ」

そこで、和奏がフォローするように口を挟む。

「確かに、よく店に来るおばあちゃんとかには人気だよねー」

「そりゃ、重いもの軽々と持ってくれるからでしょ」

佐々木たちも、けらけらと笑う。

「和奏さんは、今イイ感じの人とかいないんですか？」

女子大生の一人、石館が和奏に聞く。

「ええと……そういう人は、あまり」

いきなり話題の矛先《ほこさき》が向けられた和奏は、戸惑《とまど》いながらもそう答えた。

「まぁ、この仕事ってあまり出会いとかないですもんね」

「でも、社員同士とか、もしくはアルバイトと社員とかで結婚したって話、よく聞きますよね」

「店長とか和奏さんも、いずれそういう感じになったりしたりして」

大分《だいぶん》酔いが回ってきている様子の女子大生たちは、調子に乗ってそんな事を言い出す。

それを聞き、和奏は照れたように頬を赤らめ、顔を俯《うつむ》かせた。

「酔い過ぎだよ、佐々木さん」

一方、一悟は大人の対応でいなす。

そんな風に盛り上がる一同。

しかし、ルナは少し輪に馴染《なじ》めない様子でいた。

ここにいるメンバーの中では、彼女はダントツで年下。

そして当然だが、お酒も飲めない。

となれば、話題や会話のノリに入れないのは、当然かもしれない。

それでも彼女は懸命に相槌《あいづち》を打ち、少しでもこの場を楽しんで、雰囲気が壊れないようにしてくれていた。

――やがて。

「うぇぇ……気持ち悪い」

盛り上がったのが、逆に悪い方向に働いたのかもしれない。

結構早いペースでお酒を飲んだ結果、佐々木たちは皆酔い潰《つぶ》れてしまった。

「うち近いから、休んでく？」

「そうする……」

「大丈夫かい？　かなりグロッキーだけど」

ふらふらの女子大生たちの姿を見て、一悟は心配そうに言う。

「ご安心ください、店長」

そこで、和奏がキリッとした表情を向けて言う。

「彼女たちとは帰る方向が一緒ですので、私が介抱《かいほう》しながら送ります」

「和奏さん、いいんですか？」

「大丈夫です。遠慮せず、頼ってください」

そう断言《だんげん》する和奏は、先日の出張の際——帰りのサービスエリアの時と同じ表情をしていた。

「では……すいません和奏さん。彼女たちをよろしくお願いします」

というわけで、まだ時間は多少早いが、本日はここで解散ということになった。

「ルナちゃん、今日はありがとうね」

「ごめんね、途中からあたし等だけ盛り上がっちゃって」

「なんだか、あまり楽しめなかったんじゃない？」

「いえ、そんなことないです、楽しかったですよ！　また誘ってください！」

ルナは変わらぬ笑顔を湛《たた》え、そう言って一悟と共に佐々木たちと、付き添う和奏を見送った。

「さてと……」

佐々木たちの姿が見えなくなると、一悟は、隣のルナを見下ろす。

この流れでいけば、彼女もこのまま帰宅なのだが……。

（……それだと、なんだか申し訳ないな）

せっかく夏祭り用の衣装を用意して、おしゃれをして、自分に褒められて嬉しそうだったのに。

あまり彼女に構ってあげられず、大人ばかりで盛り上がってしまった。

このまま解散――で、いいのだろうか。

「どう、しようか」

自然と、一悟の口はそう呟いていた。

「まだ、時間は早いけど」

「……イッチ、ここからイッチの家まで、近いよね」

すると、そんな一悟の発言を――誘いの言葉と理解したのかもしれない。

モジモジとしながら、ルナが言う。

「イッチの家に、行ってもいい？」

「え」

「あ、ほら」

と、ルナは手に持ったビニール袋を見せる。

それは、事前に屋台で買ってあった食べ物である。

せっかく買ったのだが、酒の勢いのせいで、結局手を付けないままになってしまっていたのだ。

「……そうだね、そこらへんで食べるのもなんだし、もう冷えてしまっているし。僕の家で、温めなおして食べようか」

どこか言い訳がましく、まるで下心を隠して誘い掛ける悪い男のように——と、自らも思いながら。

そう了承する一悟を見上げ、ルナは愛おしそうにふにゃりと目を細めた。

「……イッチ、優しいね」

「え？　ある意味、いつも通りの事じゃないか」

苦笑しながら言う一悟に、ルナは微笑む。

「うん、だから、いつも優しい」

「そういうものなのかな……」

何はともあれ、一悟はルナを連れ、自宅へと向かうことにした。

※　※　※　※

かくして、一悟は自身の暮《く》らす社宅へと、ルナを連れてきた。

運よく、ここまで誰かに一緒にいるところを目撃される、というような事はなかった。

「お邪魔《じゃま》します！」

「うん……一応、もう少し声は抑《おさ》えめでね」

玄関《げんかん》を開けると、それまで静かにしていたルナは元気よく声を発し、下駄を脱いで家に上がる。

「えへへ、久しぶりだね、イッチの家」

「あ、ああ」

前回のルナの来訪は、諸事情により少しほろ苦い記憶となってしまっている。

しかし、今の彼女には、その時の事を気にしている素振《そぶ》りはまったくない。

純粋に、一悟の家にまた来られて嬉しそうだ。

「さてと、じゃあ、まずは……」

屋台で買った食べ物は、手付かずの状態で完全に冷めてしまっている。

酔っぱらった女子大生たちのペースに巻き込まれて、ルナも開けるタイミングがなかったのだ。

「とりあえず、電子レンジで温めなおそうか」

「うん、あ、そうだ」

そこで、ルナがリビングの窓の方を見て、提案した。

「イッチのお家って、お庭があるよね？」

「ああ、うん」

「折角だから、外で食べようよ」

会場からは戻ってきたけど、夏祭り気分を味わおう――という事らしい。

「そうか……まぁ、そうだね。折角だし」

ルナの思い付きは承認され、リビングの外にある小さな庭を使用することになった。

早速、掃《は》き出し窓を開けて縁側《えんがわ》に出る。

ブロック塀《べい》と植え込みで外からは見えないようになっているので、問題ないだろう。

一応そこには、屋外用のテーブルと椅子が置いてある。

「しばらく使ってなかったから、ちょっと埃《ほこり》を被ってるな。掃除《そうじ》するよ」

「うん、じゃあ、それまで私はお料理の準備をしておくね」

一悟は雑巾《ぞうきん》とバケツを持ってきて、椅子とテーブルを拭《ふ》き、周囲も掃き掃除する。

そして、テーブルの上にクロスを敷《し》き、縁側で蚊取《かと》り線香《せんこう》も焚《た》いて準備完了。

「お待たせ、イッチ」

そこに、焼きそばやたこ焼きを温めなおし、ルナが持ってきた。

「ああ、こっちも今終わったところだ。そこにあるサンダルに履《は》き替えて、下りてきてもらっていいよ」

掃除道具を庭の隅《すみ》に片付けながら、一悟がルナを招《まね》き寄せる。

「美味しそうだね」

「うん」

湯気《ゆげ》を上げ、香《こう》ばしいソースやマヨネーズの匂いを発するそれらには、高級な料理とはまた一味違った、食欲をそそる魅力がある。

「お皿、勝手に使わせてもらっちゃった。ごめんね」

「いや、いいよ。わざわざ移してくれて、ありがとう」

皿の上に綺麗に盛り付けされたそれらからは、彼女の細かい気配りが見て取れる。

一悟が感謝の意を示すと、ルナは「えへへ」と照れくさそうに笑った。

「それと、はい」

そこで、彼女は更に、テーブルの上へ何かを置く。

それは、缶ビールだった。

「これは……」

結露《けつろ》し、水滴を纏う銀色のロング缶には、見覚えがある。

それは、一悟がケース買いし、数本ほど冷蔵庫の中に入れておいたものだ。

「イッチも、お酒飲もう」

「お酒か……」

「夏祭り気分、夏祭り気分♪」

歌いながら、プシュッと蓋《ふた》を開けるルナ。

そして「はい」と差し出してくる。

「じゃあ、折角の夏祭りだしね」

意気揚々《いきようよう》としたルナの若い勢いに押され、一悟は缶ビールを受け取る。

（……やっぱり、夏祭りにはビールだな）

何か大事なことを忘れているような気がしたが——ビールに対する欲求が、その疑問に勝ってしまった。

口をつけ、一気に飲む。

喉を、冷たいビールが流れ落ちていく。

苦みと刺激が、心地よい清涼感《せいりょうかん》となって駆け抜ける。

気付くと、ルナの用意してくれた焼きそばに箸《はし》を伸ばし頬張《ほおば》っていた。

「……美味《うま》い」

どうして屋台の焼きそばには、こんなにビールが合うのだろう。

中華飯店やコンビニで売っているものとは、明らかに違う栄養素が含まれているに違いない。

「そんなにおいしいの？」

ビールと焼きそばを嗜《たしな》み、幸福そうな雰囲気を醸《かも》す一悟を見て、ルナも羨《うらや》ましそうだ。

「佐々木さんたちもそうだったけど、私も、早くお酒が飲めるようになりたいな」

「ははっ、まだ当分先だね」

夏祭りチックな食事と、美味《びみ》なお酒。

心満たす夕餉《ゆうげ》に、一悟とルナは存分に舌鼓を打つ。

「おっと、もう終わりか」

「はい、どうぞ」

中身のなくなった空き缶を机上に置くと、ルナが次の一本を差し出す。

あっという間、早くも三本目に突入していた。

「サンキュー」

アルコールが入り、一悟も少し上機嫌《じょうきげん》な様子である。

いつもと違う彼の雰囲気に、ルナもおかしそうに笑う。

「あ、これ」

そこで、ルナが小さなビニール袋を取り出した。

「それは……ああ、このビールのおまけか」

缶ビールのケースについていた、販促品《はんそくひん》だ。

今の季節、ケース買いをするとついてくるおまけのようなものである。

「うん、なんだかいいなぁ、って思って」

その中に入っているのは、数本の線香花火。

「手持ち花火なんて、ずっとやってないから」

そう言いながら、ルナはチラチラと一悟に視線を流す。

一悟は苦笑する。

彼女の考えが、手に取るように分かった。

「試しにやってみようか」

「いいの？」

「最初からそのつもりだったくせに」

一悟は笑い、手を伸ばすと、ルナの頭をポンポンと撫《な》でる。

大人が子供と戯《たわむ》れるような、何でもない所作《しょさ》のつもりだった。

けれどその動作に、ルナは一瞬言葉を失い、そして一瞬後、カッと頬を朱色に染めた。

「ん？　どうしたんだい？」

「イッチ……お酒を飲むと、なんだか積極的だね」

ドギマギしているのか、目を泳がせるルナを不思議に思いながら、一悟は「火種《ひだね》は蚊取り線香があるから、水を用意してくるよ」と言って、リビングに上がる。

そして、家の中から水の入ったバケツを持って戻ってくると、早速ルナと線香花火に火を点けた。

「わぁ、綺麗……」

パチパチと、儚《はかな》い火の粉を散らして輝く線香花火。

その小さな光を、ルナは愛おしそうに眺《なが》める。

「花火……久しぶりにしたから、なんだか新鮮」

「………」

久しぶり、か。

昔は、よくしていたのだろうか。

彼女の両親が生きていた頃。

もしくは、朔良と二人の時――。

「………」

しゃがみ込み、線香花火を見詰めるルナ。

そんな彼女の隣で、一緒に手持ち花火を楽しむ朔良の姿を勝手に想像する。

幸せな時間だったのだと、勝手に願う。

「あ、落ちちゃった」

やがて、小さな赤い塊《かたまり》がちぎれ落ち、その炎も音もなく消える。

「かわいいね、線香花火」

「ああ、たまにはいいね、こういう風流《ふうりゅう》なのも――」

と、そこで。

「あ」

ひゅー……という、間延《まの》びした、甲高《かんだか》い笛の音のような音が聞こえ。

同時に、一悟とルナが、頭上を見上げる。

瞬間、色鮮《あざ》やかな大輪《たいりん》の花が夜空に咲いた。

一拍遅《いっぱくおく》れ、地鳴《じな》りのような破裂音《はれつ》。

「そうか、まだ打ち上げ花火が上がる前に帰ったんだった」

漆黒《しっこく》の夜空に、次々に咲き乱れる炎の華《はな》。

ふと、一悟は視線を戻す。

彼の目前には、花火を見上げて瞳《ひとみ》を輝かせるルナの横顔があった。

「…………」

数多の色使いで描かれた、極大の芸術。

その壮大な光景に見入る、優美な少女。

打ち上げ花火に照らし出されたルナの姿に、一悟は思わず見惚《みと》れてしまった。

「綺麗だ」

「え……」

そこで、ルナも、一悟が彼女の顔を見詰めていることに気付いたようだ。

「イッチ？」

「ああ、ごめん、綺麗だったから」

アルコールが入っているせいで、余計な思考や細心の注意が働かず、感じたそのままを口にしてしまった。

一悟の発言に、ルナは一気に顔を耳まで紅潮《こうちょう》させ、視線を下へと逸らし黙り込んでしまった。

一拍遅れてやって来た気恥ずかしさに、一悟も慌てて顔を背《そむ》ける。

「おっと……」

そこで、一悟の体がふらっと傾いた。

体幹《たいかん》が崩《くず》れる。

咄嗟《とっさ》に、テーブルに手を付いて自重《じじゅう》を支えた。

「イッチ、もしかして眠くなっちゃった？」

「あ、ううん……」

どうやら、完璧に酔っぱらってしまったようだ。

呆《あき》れた――自分はこんなに酒に弱かっただろうか。

（……いや、彼女と一緒にいると、どうにも早いペースで飲んでしまうな）

最初の出会いの時のハイボールもそうだ。

緊張のせいだろうか。

いや、それとも、楽しいからだろうか。

これじゃあ、あの女子大生たちにも偉《えら》そうに言えない。

「ごめんよ、少し、飲み過ぎたみたいだ」

酔った頭でグルグルと思考を巡らせながら、一悟は庭から室内へ移動しようとする。

「ちょっと、水を飲んで顔を洗ってくる……」

キッチンへ向かうため、縁側に上がろうとする。

「大丈夫？　段差、気を付けてね」

そこで、追い駆けてきてくれたルナが、一悟の腕を取る。

彼女に付き添ってもらいながら、一悟は縁側に上がると、リビングへ。

そして立っているのがしんどくなり、ソファに腰《こし》を落とした。

「ちょっと、横になるよ」

「うん、はい、お水」

冷蔵庫から持ってきたミネラルウォーターを、ルナが差し出す。

「ありがとう……」

「ごめんね、私がどんどんお酒を飲ませちゃったから」

具合悪そうに呟く一悟の頭を、ルナは優しく撫でる。

「イッチは休んでて、後片付けは私がするから」

「すまない……」

それだけ呟いて、一悟はソファの上にばたりと倒れる。

そのまま、抗《あらが》う事のできない睡魔《すいま》に飲み込まれ、意識を失った……――。

※　※　※　※　※

「どうしよう……」

その後——酔って寝てしまった一悟の代わりに、ルナは食器等の後片付けを行う。

そして終えた頃には、夜も遅い時刻になってしまっていた。

一悟と話している内には気付かなかったが、結構な時間が経過していたらしい。

今から一悟の家を出て帰るには、もう公共交通機関も動いていない。

タクシーを利用するには、遅過ぎる。

更に、一悟はアルコールを飲んでいる。

車の運転も不可能である。

「泊《と》めてもらうしかないのかな……」

チラッと、ルナはソファの上で横になっている一悟の方を見る。

完全に寝入ってしまって、起きる気配はない。

「……」

ルナは、静かにソファへと歩み寄っていく。

そして屈《かが》み込み、至近距離で一悟の顔を見る。

「……イッチ」

――最近、一悟との距離が狭まっている気がする。

当初、適切な距離で接するという彼の想いに反し、彼の店にアルバイトとして押し掛けるという暴走紛《まが》いの行動を起こしてしまった。

自分勝手な想いに駆《か》られ、無理やり唇《くちびる》を奪《うば》った。

その後、自分がどれだけ迷惑な事をしたのか理解し、彼の言葉に則《のっと》り、適切な距離を保つよう努めた。

……けれど、どうする事が適切なのか、どうすればいいのか分からない。

当然、誰にも相談できない。

そんな悶々《もんもん》とした日々を過ごしていたある日、一悟が気付き、そして彼の方から歩み寄ってくれた。

いつも、一悟は自分を助けてくれる。

自分が勝手に、一人で迷って、落ち込んで、自己嫌悪で悩《なや》んでいるだけなのに、彼はそれを察して、救いに来てくれる。

母が思い出の中で語っていた、初恋の男の子。

幼い頃から思い描いていた理想の人は、理想以上の人だった。

ルナは、そんな一悟とお互いを理解して、少しずつ、心が近付いていると感じる。

それが、たまらなく嬉しい。

――私自身を好きになってもらう、絶対に。

あの日、一悟に言った、あの言葉。

堰《せ》き止め切れず溢《あふ》れてしまった、自分の本心。

一悟が自分に、母である朔良を重ねて見ているのは分かっていた。

でも、いつか、いつか本当に自分の事を一人の女性として好きになってくれたなら。

そう願っていた。

（……もしかして……）

だから、思う。

さっきも、花火を見上げる自分の姿に、彼は綺麗と言ってくれた。

心臓が高鳴って、顔が熱くなって、何も喋《しゃべ》れなくなってしまうくらい幸せだった。

だから、思う。

今、もしかしたら、一悟は本当にルナ自身の事を――。

「う……」

自分の中に渦巻《うずま》く激情《げきじょう》と、幸福な未来への想像に没頭《ぼっとう》していたルナ。

そこで、目前の一悟が、唸りながら薄目《うすめ》を開けた。

「あ、イッチ、起こしちゃった？」

「……んん」


近くに人の気配が近付いたからか、もしくは、何か物音を立ててしまったか。

そう心配するルナの一方、一悟は茫漠《ぼうばく》とした双眸《そうぼう》で彼女を見上げる。

酔いと眠気が混ざり合った目に、安堵《あんど》したような光が宿る。

その顔に、幸せを感じさせる微笑《びしょう》を浮かべ、一悟は愛おしそうに名前を呼んだ。


「……朔良」

「……」


ルナの頭の中が、一瞬真っ白になる。

それと同時に、今までの、一悟との記憶がフラッシュバックした。

楽しかった、幸せだった、互いに心が近付いたと思っていた記憶。

その奥から、一悟が、母の事を愛おしそうに語っていた日の光景が蘇《よみがえ》る。

――少しずつ、私自身を好きになってもらえている――。

浮かび上がった先程の言葉が、そう思い描いた自分の幸福感が、空虚《くうきょ》で、ひどく滑稽《こっけい》なものに思えた。

閃光《せんこう》のような痛みが鼻の奥に走り、一瞬で拡大していく。

どうやって落ち着けばいいか分からなくなって――。

気付いた時には、一悟の顔に自身の顔を近付け、唇を重ねていた。

※　※　※　※　※

「う……」

頭痛《ずつう》がする。

頭に沈殿《ちんでん》する不快感と共に、一悟は目を覚ました。

――自分は、どこで何をしているんだ？

判然《はんぜん》としない思考のまま、視覚情報を読み取ろうとする。

ぼんやりとした視界の中、逆光《ぎゃっこう》のせいでよく見えないが、誰かがすぐ近くにいるのが分かる。

白地に薄青色の浴衣姿、結い上げた黒い髪、睫毛《まつげ》の長い目――。

ああ、彼女だ。

あの夏の日――夏祭り。

蓋をして忘れようとしていた、本当なら最高の思い出になるはずだった、あの時間の中の――。

微笑み、求めるように、その名を呼ぶ。

「……朔良」

そう言った瞬間、彼女の顔が——歪《ゆが》んだ。
悲痛な顔だ。
どうして。
彼女のこんな顔は、見たくない。
させたくない。
入り乱れる思考の中、やっと一悟は気付く。
違う、朔良じゃない。
彼女は、ルナだ。
そう意識した時には、もう遅かった。
ルナの体が近付き、肌《はだ》と肌が、唇と唇が触れた。
触れて、重なって、五感が彼女の全てに覆《おお》われる。
体を寄せて、一悟の頭に腕を回して、離れようとしない。
強い力だ。

まるで、何かを塗《ぬ》り潰そうとしているかのような、覆い隠そうとしているかのような、自暴《じぼう》自棄《じき》な勢いを感じる。

「や、やめるんだ！」

一悟は、慌ててルナの体を跳ね除けた。

「あ……」

突き飛ばされ、床にへたり込んだルナが、か細い声を発する。

正気《しょうき》に戻ったようだ。

自分が何をしたのかを、今更のように理解したのだろう。

「……ごめんなさい」

ルナは消え入りそうな声で、そう謝ってきた。

その姿を見て、一悟は苦々《にがにが》しく思う。

まるで、いつかの光景の繰り返しだ。

この家で、このリビングで、彼女を拒絶《きょぜつ》した、あの日の。

「いや……今のは、僕が悪い」

一悟も、額《ひたい》を押さえながら、自省《じせい》するように言う。

そう、自分が完全に悪かった。

彼女を朔良と見間違えるなんて、配慮に欠けているなんてものじゃない。

「……後片付け、してくれたんだね、ありがとう」

「………」

誤魔化すように口走ったお礼の言葉は、ひどく薄っぺらい。

ルナは無言のままでいる。

酔いと混乱が綯交《ないま》ぜになって、一悟も思考が纏まらない状態だ。

「……その浴衣……おそらく、昔、朔良が着ていたものなんだ」

このまま口を閉ざしていても、何かフォローするような考えを巡らせていても、無駄《むだ》に時間が流れていくだけだ。

故《ゆえ》に一悟は、正直に言う事にした。

「彼女と一緒に夏祭りに行った事があって、つい最近、その時の記憶が蘇ったんだ。君が、その記憶の中の朔良と瓜二つで……」

「………」

「だから、見間違えてしまった」

言い訳がましい言葉を連ねる事しかできない。

そんな自分に腹が立つ。

「そう、だったんだ」

一悟の言葉を聞き、ルナが口を開いた。

その顔に、無理矢理作ったような、卑屈《ひくつ》な微笑みを浮かべて。

自分の感情に対する向き合い方が分からないのか、浴衣の裾《すそ》をギュッと震《ふる》える手で握《にぎ》り締《し》め。

「……お母さん、綺麗だったんだね」

「…………」

ああ、まずい。

自身の失言《しつげん》に気付く。

先程、ルナに贈った、綺麗という誉め言葉。

あれを、母親と重ねた上での発言と、彼女は思っている。

あの言葉は全て、ルナの上に重ね合わせた朔良へと向けたものだったのだと。

お前はただの朔良の代わりだと。

彼女を模《も》したマネキンだと言っているようなものだ。

「違う」

一悟は語気《ごき》を強め叫《さけ》んだ。

「君が綺麗だった」

誤魔化しだとか、言い訳だとかではない。

その称賛《しょうさん》は、紛《まぎ》れもないルナへのものなのだと。

抱いてくれた幸福感は、偽りなんかじゃないと、何がなんでも伝えたかった。

「その浴衣は、ルナさんに似合っていた。頑張って着飾った姿が、とても魅力的で愛おしく思えた。花火を見上げる君の姿が、絵画のようだった。だから、僕は言ったんだ。君に、言ったんだ」

不純物《ふじゅんぶつ》を混ぜるな、妙《みょう》な気遣《きづか》いを意識するな、本心だけを伝えろ。

かつて、確実に自分にだってあった、未熟《みじゅく》でも純度《じゅんど》の高い輝きに満ちた感情。

それを思い出せ。

その一心で、強い意志で、一悟は叫ぶ。

彼の真剣な表情に、ルナは一瞬ビックリしたように目を丸くする。

そして、熱意が伝わったのか、やがて見惚れるように眦《まなじり》を下げる。

目元をごしごしと拭《ぬぐ》い、涙を払う。

「ありがとう、イッチ」

そう、笑顔で答えてくれた。

想いが通じた。

称賛の言葉よりも何よりも、その事実自体が、不安になりかけていた彼女の心を落ち着かせたのかもしれない。

何はともあれ、一悟は安堵する。

まったく、酔って寝入って、あんな失言をしてしまうなんて。

（……酒なんて飲むべきじゃなかった……あ）

そこで、一悟は更なる自身の失態に気付く。

「すまない……本当なら君を家まで送らなくちゃいけなかったのに、お酒なんて飲んでしまって」

ビールを飲む時、大事な事を見落としている気がしたのは――その事だったのだ。

「ううん、気にしないで。元はと言えば、私がお酒を勧めたせいだから」

自分を責めないで――と言うように、ルナは困り顔で優しく微笑み、一悟をフォローする。

「……でも、もうこの時間じゃバスも動いてないから」

「そうだね」

自己嫌悪はここまでにして、現実に向き合い、問題解決へと目を向ける。

「タクシーを呼ぶ……のもな」

女子高生がこんな時間に、一人でタクシーを呼ぶのも、ちょっと怪しまれるかもしれない。

……となれば、仕方がないが、方法は一つしかない。

「今日は、泊まっていくといい」

ソファから立ち上がりながら、そう一悟は提案する。

「明日の朝になったら、家まで送るよ」

「いいの？」

「仕方がない……と言うより、当然さ。僕の責任だから」

一悟は、リビングの入り口――廊下《ろうか》の方を指さす。

「僕の寝室にベッドがあるから、それを使ってくれて構わない」

「本当に？　ありがとう、イッチ」

「ああ……あ」

そこで、一悟は気付く。

今のルナは、浴衣姿だ。

「服は、どうしようか」

流石に浴衣のまま寝るのは……。

口元に手を当て悩む一悟に、そこで、ルナが「あ、それじゃあ」と提案した。

「イッチのシャツを、一枚貸してもらえればいいよ」

「え、いいのかい？」

ルナの持ち出した案に、一悟は困惑する。

「僕のシャツなんて……そもそも、サイズも合わないと思うけど」

「大丈夫、ちょっとサイズが大きい方が、寝間着《ねまき》にはちょうどいいはずだし」

そういうものなのだろうか。

（……でも、まぁ、確かに。女性の寝る時の服装で、ぶかぶかのシャツって結構見る気が

するな）

まぁ、他に選択肢《せんたくし》もないし、本人がそれでいいというなら、余分な口出しは不要だろう。

「分かった。寝室の箪笥《たんす》の中に、買ったばかりでまだ未使用のやつがあるはずだから、それを使うといい。それと、お風呂《ふろ》も自由に使ってもらっていいから」

「うん、ありがとう……」

そう言い残し、ルナはリビングを出て寝室へと向かう。

そんな彼女を見送ると、一悟は再びソファの上に横になった。

「……………」

少し、ぎくしゃくした雰囲気が残ってしまった気はする。

しかし、仕方がない。

あんな出来事があった直後で、むしろ、ルナもよく平常心を取り戻してくれた。

「気を付けないといけないな」

しばらくすると、浴室の方から水音が聞こえてきた。

どうやら、ルナがシャワーを浴びているようだ。

一方、眠気は吹き飛んでしまったものの、まだ酔いが残った頭を休息させるため、一悟は何も考えず無為《むい》の状態で体を横たえていた。

「イッチ……」

気付くと、それなりに時間が経過していた。

リビングの入り口から名を呼ばれ、一悟は頭を上げる。

「ルナさん、どうし――」

そこに、シャワーを浴び終わったルナが立っていた。

恰好《かっこう》は、ぶかぶかのシャツを着ている。

一悟の私物のシャツの一枚だ。

湯上がりでほんのり桜色に染まった肌。

シャツの裾からは、覆うものの無い美脚《びきゃく》が覗《のぞ》く。

「お風呂、ありがとう。それとシャツ、借りちゃったけど、本当によかったかな？」

「あ……ああ、問題ないよ」

その、あまりにも無防備で誘惑《ゆうわく》的な姿に、一悟は目を奪《うば》われつつも、何とか懸命に冷静を取り繕《つくろ》いつつ答える。

「と、とりあえず、今日はもう遅いから、就寝《しゅうしん》しよう」

「うん、おやすみなさい……」

おずおずとした仕草《しぐさ》でリビングに背を向けるルナ。

彼女の性格上、やはり遠慮が勝っているのだろうか。

そこで、ふと、ルナは一悟の方を振り返る。

「あの……」

「どうしたんだい？」

「イッチがソファで寝るのも、申し訳ないから……」

モジモジと、何か後ろめたそうに、ルナは小声で言う。

「よかったら……ベッド……」

「え？」

「…………………一緒に、寝る？」

「ん、な⁉」

衝撃的な発言に、一悟は思わず声を発する。

一悟自身、ルナの性格はよく知っている。

人の恩《おん》に応えたいという彼女の性格から考えるに、他意《たい》はなく、ただ単純に善意からの言葉だったのだろう。

しかし、タイミングというか、言い方というか――。

そして、そんな一悟の反応を見て、ルナも自身がどんな言葉を放ったのか、今一度理解したのだろう。

風呂上がりでただでさえ上気《じょうき》していた顔が、一気に茹《ゆ》で上がったかのように真《ま》っ赤《か》になった。

「あ、あの、な、なんでもない！　おやすみなさい！」

必死に誤魔化すように叫ぶと、ルナは足早《あしばや》に去っていった。

「……はぁ」

寝室の扉が勢いよく閉まる音を聞くと同時に――一悟は、そのままソファに横たわる。

また、彼女への心のケアが必要になるかもしれない。

「……難しいな」

重々《じゅうじゅう》分かっている事だが。

この一筋縄《ひとすじなわ》ではいかない関係性に、今一度懊悩《おうのう》する一悟だった。

※　※　※　※

――そして、夜が明ける。

ルナを家に一泊させた一悟は、翌日の早朝、彼女を自宅まで送ることにした。

彼女を家まで送った後は、そのまま職場に直行する形である。

仕事着を着た一悟は、再び浴衣を纏ったルナを車に乗せ、彼女のマンションまで送り届けた。

「……ねえ、イッチ」

マンションの二階。

階段横すぐの彼女の部屋の前で、別れの挨拶を交わした直後、だった。

「今夜も、会えない、かな？」

ルナが、深刻《しんこく》な表情でそう尋ねてきた。

一瞬、ドキリとする。

昨夜、あんなことが起こった後だ。

彼女の心に、何か、深い傷《きず》を負わせてしまったかもしれない。

「構わないよ。どうしたんだい？」

そして、その責任を取る義務が、自分にはある。

一悟はできるだけ真摯《しんし》に、彼女の提案を受け入れようと考える。

「……ちょっと、相談したい事があって。あ、忙しかったら、また今度でもいいよ」

よそよそしい仕草ではあるものの、その眼差《まなざ》しは真剣なものだった。

これは……勇気を振り絞って言ったのかもしれない。

「大丈夫だよ。退勤後であれば、別に忙しくはないから。どういった用件だい？」

「……私の実家の事」

ルナは、言う。

「おじいちゃんと、おばあちゃんの家」

「………」

ルナの実家。

その単語を聞き、一悟は一瞬、脳《のう》に鈍痛《どんつう》が滲《にじ》み出したような——そんな感覚を覚えた。

つまりそれは、朔良の実家。

朔良の父と母。

朔良が一悟の前からいなくなる切っ掛けを作った、彼女の両親。

動揺する一悟に、ルナは続ける。

「今度、お盆に、お母さんのお墓参《はかまい》りに、実家に帰るんだ」

だから——と、ルナは縋《すが》り付くような目で、一悟を見る。

「イッチも、一緒に来てくれないかな、って」

第五章　家族

——朔良《さくら》の実家の記憶《きおく》を、思い出す。

昔、子供の頃、一悟《いちご》は朔良の家によく遊びに行っていた。

朔良の実家は、自営業を営《いとな》む裕福《ゆうふく》な家庭で、家も豪邸《ごうてい》とまでは言わないが、一般家庭に比べて立派《りっぱ》な洋風建築の建物だった。

『あ、こんにちは』

『伊東《いとう》』と書かれた表札《ひょうさつ》の横にある呼《よ》び鈴《りん》を鳴らし、ドアを開けてもらう。

玄関《げんかん》で、朔良のお母さんが一悟を出迎えてくれた。

『いらっしゃい、一悟君』

どことなく朔良に似た面影《おもかげ》を持ちながら、柔和《にゅうわ》で穏《おだ》やかな印象《いんしょう》を受ける女性だ。

朔良の黒髪とは違い、ウェーブの掛かった柔らかな栗《くり》色の髪を、一つに結《むす》んで肩《かた》に掛けていた。

『お邪魔《じゃま》します、おばさん』

『ちょっと待っててね、朔良を呼んでくるわ。もう、あの子ったら、一悟君が来るのにまだ寝

You are
the daughter of
my first love.

てるのかしら』

家にお邪魔した時には、朔良の両親にもちゃんと挨拶《あいさつ》をするよう心掛けていた。礼儀《れいぎ》や礼節《れいせつ》だとかというより、この家の持つ独特な、上流階級っぽい家柄《いえがら》の雰囲気《ふんいき》に飲まれていたのかもしれない。

子供心に、ちゃんとしないといけないという意識が働いていたのだ。

『ああ、一悟君か。よく来たね』

そこに、朔良のお父さんも現れる。

青果《せいか》の加工処理、商品開発、流通を扱《あつか》う事業を営む会社を経営する、いわば社長である。

短く切られた黒髪に、凛々《りり》しい顔立ち。

眼鏡《めがね》をかけ、がっしりとした体付きをした、屈強《くっきょう》そうな男性だ。

けれど怖《こわ》いという雰囲気はなく、むしろ真逆《まぎゃく》で、おおらかで優しく、勤勉《きんべん》そうな印象を受けた。

そこで――。

『まったく、朔良ったら、いつまで準備してるの。一悟君、もう来ちゃってるわよ』

『分かってるよ、お母さん。あまり大きな声で言わないで』

二階に続く階段から、朔良が下りてくる。

一悟の姿を発見すると、照れくさそうに微笑《ほほえ》みを浮かべた。

『おはよう、イッチ』

優しい色合いのサマーセーターに、プリーツスカート。

いつもと変わらない、流れるような漆黒《しっこく》の髪。

蜜柑《みかん》を連想させる、爽《さわ》やかな香《かお》りを纏《まと》い。

女神《めがみ》のような彼女の姿が、そこにはあった。

……――。

真面目《まじめ》で仕事熱心なおじさんと、優しく貞淑《ていしゅく》なおばさん。

そして、清楚《せいそ》で可憐《かれん》なお嬢《じょう》様。

一枚の絵画になっても不思議じゃない。

正に、理想の家族像だと思っていた。

けれど――。

15年前、朔良の家は事業に失敗した。

売り上げが好調だったため、事業の拡大に踏み切り大きく広告費を掛けて宣伝《せんでん》を行ったのだが、上手《うま》くいかず、多額《たがく》の借金《しゃっきん》を背負《せお》う事になったと聞いている。

そして、朔良はその家の危機を救うため、大企業の社長と婚約することになった。

政略《せいりゃく》結婚だ。

朔良が婚約をし、海外に旅立った後、朔良の両親もその土地にい辛《づら》くなったのか、引っ越してしまった。

一悟と朔良の繋《つな》がりは、そうして酷薄《こくはく》なほど呆気《あっけ》なく、完全に断たれてしまったのだ――。

※　※　※　※　※

――暦《こよみ》の上では、八月も中盤に差し掛かっていた。

世間の夏休みも、後半戦へと突入したくらいの時期である。

巨大な蜂《はち》の巣《す》のような積乱雲《せきらんうん》が、青空の中に鎮座《ちんざ》している。

そんな蒼穹《そうきゅう》の下――高速道路を、一台の車が走る。

運転席でハンドルを握《にぎ》るのは、一悟。

助手席には、ルナが座っている。

二人とも、今日は私服姿である。

「緊張《きんちょう》しているかい？」

「う、うん」

一悟が問い掛けると、彼女は言い淀《よど》みながら答えた。

助手席のルナは、少し陰鬱《いんうつ》な表情をしている。

「……ありがとう、イッチ。今日は、一緒《いっしょ》に来てくれて」

ルナがおずおずと上目遣《うわめづか》いで言うと、一悟は彼女の緊張を解きほぐすように、穏やかに微笑む。

「いや、こちらこそ、むしろ機会《きかい》を設けてくれてありがとう。僕《ぼく》も、朔良のご両親には久《ひさ》しぶりに挨拶をしておきたいから」

現在、一悟とルナは、ルナの実家——つまり、朔良の両親の暮《く》らす家へと向かっている最中である。

朔良の結婚前のフルネームは、伊東朔良。

即《すなわ》ち、向かっているのは伊東家、ということになる。

「……………」

実家へと向かうルナの表情は、明るいと言えるものではない。

彼女と、彼女の実家との関係性は、以前ルナ本人の口から語られたことがあった。

断片的《だんぺん》ではあったが……あまり、良好《りょうこう》ではない様子だった。

決して、拒絶されている、というわけではないらしい。

ルナも、朔良の両親——つまり、祖父《そふ》と祖母《そぼ》の事を、いい人たちと表現していた。

だが、彼女の心に抱える苦悩《くのう》や闇までは、理解してもらえていないのだろう。

といっても、長期連休中の、身元を引き受け世話になっている後見人《こうけんにん》の家への里帰《さと》りだ。

帰らないわけにはいかない。

どんな事情があるにせよ、今は親代わりとなってルナの成長を見守ってくれている家であるし、何より――。

「そうか……朔良のお墓《はか》は、こっち側だったのか」

「……うん」

朔良の墓参《まい》り。

それも、今日一悟がルナと共に彼女の実家へと向かう理由の一つだ。

朔良の遺骨《いこつ》は、夫《おっと》である星神家《ほしがみけ》ではなく、実家の伊東家の墓で眠っている。

ルナは星神の姓《せい》だが、朔良は伊東家の墓に入っている……そこにも、自分の想像が及《およ》ばないような、もしくはあまり想像を巡らせない方がいいような、根深い事情があるのかもしれないが、今は無理に知ろうとは思わない。

まずは、目前に迫った問題と向き合わなければならないからだ。

（……朔良の墓参り――か）

今までだって重々理解していたが、朔良の死というものを、確実に意識させられる行為だ。

辛いが、行きたくないというわけではない。

むしろ、向かいたいと思う。

向き合いたいと思う。

この機会に、朔良の死と、しっかりと。

「……」

チラリと助手席の様子を窺《うかが》う。

そこに、相変わらず口を噤《つぐ》んだままのルナの姿がある。

何より、今心配なのは、彼女の事だ。

もしかしたら、あの夏祭りの夜、彼女は元から一悟にこの事を相談したかったのかもしれない。

何かあればルナを助けると宣言した一悟を、自分から頼ってくれたのかもしれない。

だが、〝あんなこと〟が起こってしまい、彼女の中でまた、一悟に近付くことに対する戸惑《とまど》いと躊躇《ちゅうちょ》が生まれてしまったのだとしたら……。

（……それは、僕のせいだ）

一悟は、そこでハンドルを切り、車線を変更する。

真《ま》っ直《す》ぐに走っていた車体が突然横に移動したことに、ルナも顔を上げて反応した。

「ちょっと、休憩《きゅうけい》しようか」

「あ、うん……」

一悟の車は、そのまま道路脇《わき》のサービスエリアへと進入する。

大した施設や建物のない、自動販売機とトイレくらいしか見当たらない、小規模のサービスエリアである。

「ちょっと、飲み物を買ってくるよ」

「あ、私が……」

「いや、いいよ、自分で行くから」

みずから動こうとしたルナを制し、一悟は素早《すばや》く運転席から出ると、立ち並ぶ自動販売機の方へと向かう。

そこで一本、アイスカフェオレを購入すると、車へと戻ってきた。

「はい」

そして、助手席のルナへと渡す。

「今回は、冷たいやつ」

「……あ」

以前、一悟に拒絶された事で心が不安定になり山の中に迷い込んだ彼女を、探し出した時。

その時にも、ルナを落ち着かせるためにカフェオレを買ったのを思い出したようだ。

「大丈夫《だいじょうぶ》だよ」

カフェオレを渡し、運転席に乗り込むと、一悟はルナを励《はげ》ます。

「少なくとも、君は一人じゃない。僕もいる。何か辛いことがあるなら、僕も一緒に協力するから」

「……ごめんね」

「いいんだよ。だって、そのために僕は一緒に来たんだから」

そう、朔良の死と向き合う、彼女の両親に久しぶりに挨拶する。

そんな、過去に対するものばかりではない。

現在、今ここに、苦しみを抱えている少女――ルナがいる。

彼女を助けるのだって、自分が自分に課した重大な責務《せきむ》だ。

そんな一悟の言葉に、ルナは瞳《ひとみ》を潤《うる》ませながら微笑む。

「……イッチがいてくれて、本当によかった」

「………」

……朔良の笑顔が女神だとするなら、彼女の笑顔はさながら天使だ。

（……って、また僕は勝手に彼女と朔良を比較《ひかく》して……）

まったく学習しない――と、一悟は人知れず猛省《もうせい》する。

そして、少しの休憩を挟《はさ》むと、車は走行を再開し、サービスエリアを後にした。

※　※　※　※

「……着いた。ここで、合ってるかい？」

「うん」

一悟とルナが暮らす街から車を走らせ、山を幾《いく》つか越え、県も跨《また》ぎ——約三時間。

長閑《のどか》な風景が続く、どちらかと言えば田舎《いなか》の地域。

少し小高い丘の上に建てられた、立派なお屋敷の前へと、二人は到着した。

お屋敷……と言っても、大豪邸と呼ばれるようなレベルのものではない。

普通に比べて比較的大きめの日本家屋《にほんかおく》、くらいである。

しかし、立派な門構えと、自動開閉式の門扉《もんぴ》等を見るに、明らかに一般家庭とは一線を画していることが分かる。

ここがルナの祖父と祖母……つまり、朔良の両親が現在暮らしている家だ。

「会社や工場は……」

「近くにはないけど、少し離れたところにあるよ」

一悟の疑問に、ルナが答える。

どうやら、あの頃と一緒のようだ。

それでもどうやら、まだ家業は継続できているようで、安心した。

「………」

ルナの母方の祖父と祖母、つまり朔良の父と母。

15年前——事業に失敗し、朔良が婚約した後、朔良の両親もその土地にい辛くなったのか、引っ越してしまった。

その引っ越した先の家に、こうして、15年越しにやって来ることができた。

「……海か」

小高い山の上にある屋敷のため、振り返れば開けた風景を見渡すことができる。

遠くに、水平線が見える。

この家のある場所は比較的、海の近くのようだ。

近い、と言っても、近場の海岸までここから数キロはありそうだが。

それでも、偶然か、必然か。

ここ数日間、朔良と共に海に行ったあの夏の記憶がリフレインしている一悟にとっては、何か運命的なものを感じずにはいられない。

「おじいちゃんとおばあちゃんに、僕の事は？」

「うん、事前に伝えてあるから、大丈夫」

「そうか……よし」

一悟はそこで、気持ちを落ち着かせるよう、深く呼吸をする。

ルナの緊張が伝染《でんせん》したのかもしれない。

いや……元から、一悟自身もこの家を前にした時点で、緊張がピークに達していたのだ。

「イッチも、緊張してる？」

「あ……ああ」

するとと、ルナにズバリ言い当てられてしまった。

同じ感覚を抱く者同士、やはり通じ合ったのかもしれない。

二人は視線を合わせ、微笑み合う。

「じゃあ、行くよ」

「うん」

そして意を決し、一悟は呼び鈴を鳴らした。

『伊東』と書かれた、和風の表札の横の呼び鈴を――あの頃のように。

微《かす》かに聞こえる呼び出し音が、数回繰り返され……。

その後、『はい』と、ドアフォンの受信機から声が聞こえた。

年配《ねんぱい》の女性の声だ。

「ルナです。ただいま、帰りました」

『あら、お帰りルナちゃん。今、門を開けるわね』

そう返答がされ、数秒後、横の門扉が自動で開いた。

「今の声は……」

「おばあちゃんだよ」

開けられた門を通り、二人は敷地の中へ入る。

綺麗《きれい》に剪定《せんてい》され整えられた松《まつ》の木など、立派な日本庭園を越え――そして、お屋敷の入り口へと向かい、玄関の扉を開ける。

そこで、一人の女性が待ち構えていた。

(……この人は)

あれから15年。

つまり現在の年齢は、50代後半くらいだったと思う。

しかし、彼女の見た目は、実年齢よりもかなり若く感じる。

一つに束《たば》ね、肩に掛けられた栗色の髪は、あの頃のままだ。

紹介されなくても、直感で分かった。

彼女が、15年ぶりに会う、朔良の母親だ。

「お帰り、ルナちゃん」

彼女はルナに、優しく微笑みながら言う。

年齢相応の柔らかさと、人柄が垣間《かいま》見える朗《ほが》らかな笑みだった。

そして、その後、隣に立つ一悟へと視線を移した。

「……あなたが、一悟君？」

「はい、お久しぶりです」

――片手に持ったお土産《みやげ》のお菓子《かし》は、今渡すべきだろうか。

などとどうでもいい思考を巡らせるあたり、余裕《よゆう》があるのか動揺《どうよう》しているのか自分でも分からない。

幼少の頃以来の再会だ、しかも、あんな事があった後の。

「一悟君……」

まず、どういう表情をするべきか、どういう言葉を喋《しゃべ》るべきか。

そう逡巡《しゅんじゅん》する一悟に対し、彼女は大きく目を見開き――。

「本当に一悟君⁉　まぁ、立派になって！」

凄《すご》く嬉《うれ》しそうに飛び跳《は》ねた。

まるで、興奮した女子高生のような、無垢《むく》な反応だった。

「15年ぶりよね、大きくなって！　あの頃は可愛《かわい》い坊《ぼう》やだったけど、今じゃ完璧に大人の男性ね！　見違えたわ！」

「あ、はい。おばさんも、変わらずお美しく……」

「まぁ、そんなお世辞《せじ》も言うようになったのね！　本当に月日が経《た》つのは早いわ！　しかも、今、ルナちゃんの仕事先のお店の店長さんなんでしょ？　ものすごい偶然よね、信じられないわ！　こんな奇跡《きせき》ってあるのかしら！　それにしても本当にイイ男！」

「………」

事前に連絡をして、来訪を許可されていたので、そこまで驚かれることはないと思っていたのだが……。

朔良の母の、予想外にハイテンションなリアクションに、一悟は却《かえ》って気後《きおく》れする。

貞淑で清らかな印象だった15年前から、大分《だいぶん》変わっているようにも思えた。

「あの、これ、お土産ですので、よろしければ」

「まぁ、嬉しいわ。さぁ、二人とも上がって上がって。いただいたお菓子と、それとお茶も用意するわね」

「あ、はい」

朔良の母に言われるがまま、というか、勢いに押されて、一悟とルナは靴《くつ》を脱《ぬ》ぐ。

「でも、本当に懐《なつ》かしい、嬉しいわ。何回も聞くようで申し訳ないけど、ルナちゃんの勤《つと》めているお店の店長さんなんでしょ？」

「ええ、まぁ」

まだ熱気の冷めない様子の、朔良母。

本当にびっくりして、彼女も気分が高揚《こうよう》しているのだろうか、同じ話題を繰り返している。

しかし、そんな彼女のリアクションを見て苦笑する一悟は、逆に心が落ち着いていくのが分かった。

相手も興奮状態であると思うと、こちらの緊張が急速に解けていくのが分かる。

「いや、偶々《たまたま》勤めた店の店長が僕だった、というわけじゃないんですが」

「そうそう、その話も聞いたわ。悪漢《あっかん》に襲われているルナちゃんを助けてくれたんでしょ？

なんて男らしいの」

きゃー、と、頬《ほお》に手を当て惚《ほ》れ惚《ぼ》れするように語る朔良母。

どうやら、一悟との出会いに関しても、ルナが彼女に説明してくれていたようだ。

悪漢に襲われ……まぁ、内容は少し違う気がするけど。

「おばあちゃん、釘山《くぎやま》さんがちょっと困《こま》ってるよ」

そこで、ルナが横からくつくつと笑いながらフォローをしてくれた。

「あらあら、ごめんなさいね」

と、朔良の母も恥《は》ずかしそうだ。

（……ルナさん、おばさんとは問題なく会話ができる感じか）

「でも、本当に、あんなに小さくて可愛かった一悟君が、こんな立派な社会人になってるなんて、なんだか自分の子供の事みたいで、嬉しくて涙が出てきちゃう」

そう言って、朔良の母は目元を拭《ぬぐ》う。

その動作に、一悟も喉《のど》の奥が詰《つ》まる感覚を覚えた。

「僕も……嬉しいです、またおばさんに会えて」

なんだか、様々な葛藤《かっとう》と薄暗い思考を抱《かか》え、緊張していたのが馬鹿《ばか》らしくなってきた――

と、一悟は思う。

15年という月日。

劇的《げきてき》な離別《りべつ》。

そんな過去があったから、再会に不安を抱いていたのだが……この人は変わっていない。

いや、印象は多少変わってはいるけど、決して嫌《いや》な風にではない。

彼女はやはり朔良の母親で、そして、優しくいい人だ。

あの美人のお母さんが、理想の母親が、そのまま順調に年月を重ねた姿だ。

その事実だけで、心が落ち着く気がした。

「それじゃあ、ここの奥のお座敷《ざしき》で待っててね」

彼女に案内され廊下《ろうか》を歩き進むうちに、中庭の見える奥座敷が見えてきた。

閉まった障子《しょうじ》を指さし、朔良の母が言う。

「お父さんも座敷にいますから、久しぶりにお話ししてあげてね。ルナちゃんも、ただいまの挨拶を忘れないで」

——朔良の父。

そこで一悟は、後ろに続くルナの体が、少し震《ふる》えたような気がした。

「ルナさん？」

「………」

そんな彼女の変調《へんちょう》を思いやる前に、三人は座敷へと到着する。

朔良の母が障子に手を掛け、開けた。

「お父さん、ルナちゃんと、それに一悟君が来てくれたわよ」

座敷の中。

そこに、座布団《ざぶとん》の上で胡坐《あぐら》を組み、一人の男性が待っていた。

「…………」

初老の男性だが、その恰幅《かっぷく》のいい体格には見覚えがあった。

ゆえに、一悟には一目で分かった。

「あ……お久し、ぶりです」

「…………」

彼は一悟の挨拶に、無言のまま顔を向ける。

白髪《しらが》が増え、顔の皺《しわ》も深く濃くなっている。

黒縁《くろぶち》の眼鏡を掛けたその厳粛《げんしゅく》な顔付きからは、相当な苦労をしてきたことが伝わってくる。

あの明るく真面目な、理想の父親という雰囲気だった気配《けはい》は、今はない。

無表情で、口を閉ざし、まるで物言わぬ岩のように厳格《げんかく》な男性が――そこにはいた。

「どうぞ、座って」

朔良の母に言われるままに、一悟とルナは用意された座布団の上に正座《せいざ》する。

木製の座卓《ざたく》を挟み、二人は朔良の父と向かい合う形になる。

「…………」

朔良の母がその場を去り、座敷の中には重苦しい空気が沈殿《ちんでん》する。

本当に、この人は朔良の父なのか？

（……いや、直感で分かる）

それは間違いない、同一人物だ。

しかし、あまりにも印象が……。

「……一悟君」

頭の中で思考を巡らせていた一悟に向かって、そこで、彼が口を開いた。

「はい！」

思わず、背筋《せすじ》を伸ばし反応してしまう一悟。

そんな一悟に対し、朔良の父は――。

「……久しぶりだね」

その顔に、穏やかな笑みを湛《たた》える。

喉《のど》から発せられた声は、優しく温かみを帯びていた。

先刻までの印象とのギャップに、一悟は動揺し掛けるが。

「……お久しぶりです、おじさん」

自然と、返事をすることができていた。

目前の彼が浮かべた表情には、変わらぬあの頃の――15年前の雰囲気が戻っていたからだ。

それゆえ、心が落ち着いた。

「元気そうで何よりだ。随分《ずいぶん》と立派になって、それに、今は大きなお店の店長を務めているんだって？　凄いじゃないか」

「あ、ありがとうございます」

穏やかで威厳《いげん》のある声音が、一悟に対し好意的な言葉を発する。

なんだか照れくさくなり、一悟は髪を掻《か》いた。

（なんだ……変わっていないじゃないか）

15年ぶりに会ったというのに、予想以上に普通に会話できている。

懐かしさすら感じる。

だが、一悟はそこで、別の違和感に気付く。

「……ルナさん？」

隣のルナが、まったく会話に交ざってこない。

朔良の父の気配を警戒《けいかい》しているような……。

いや、萎縮《いしゅく》しているのが分かる。

厳しい父親の叱責《しっせき》を前にした、子供のような雰囲気だ。

「……ルナ、今は、一悟君の店でアルバイトをしていると聞いているが」

そこで、会話の矛先《ほこさき》が彼女へと向けられた。

瞬間だった。

朔良の父の纏う空気が、雰囲気が、一変《いっぺん》した。

数分前の――初めてこの部屋の扉を開けた時のような、重苦しいものに。

「迷惑《めいわく》はかけていないか？」

「……はい」

鉛《なまり》のような空気だ。

あまりにも極端《きょくたん》に、理解の及《およ》ばない変化を起こす状況に、一悟も口を閉ざさざるを得ない。

「……一悟君。積もる話もあるが、少し席を外してくれないか」

そこで、朔良の父が一悟に、一度この場から退席するよう促《うなが》す。

「え……」

「家族同士、重要な話があるんだ。客人の君にこのような態度は申し訳ないが、すぐに終わる」

「………」

有無を言わせない彼の威圧感に圧され、承諾するしかなかった。

一悟は静かに席を立つ。

「ルナさん、いいかい？」

一応、隣の彼女にそう小声で問う。

「あ……はい、ごめんなさい。祖父の言う通り、少しの時間で済みますから」

硬《かた》い言葉遣いで、ルナが言う。

そう言われてしまえば、一悟はその場から消えるしかない。

大人しく、座敷を出る。

去り際、垣間見えたルナの顔は、まるで何かに耐えるような悲痛な表情をしていた。

※　※　※　※

「……どうしよう」

座敷を出た一悟は、そこで途方《とほう》に暮れてしまった。

（……家族同士、重要な話、か）

そう言われてしまえば、自分はまだここに来たばかりの部外者だ。

変に立ち入るわけにもいかない。

しかし、廊下にずっと立っているわけにもいかないし、たとえ不可抗力《ふかこうりょく》だとしても盗み聞きなど以ての外だ。

なので、一悟はひとまず台所を探すことにした。

「あら、一悟君」

おそらくここだろうと目星《めぼし》をつけて向かえば、動いている人間の気配を察知できた。

室内を覗《のぞ》き込むと予想通り台所で、そこで、お茶の用意をしている朔良の母を発見した。

「いただいたお菓子、早速《さっそく》開けさせてもらったわ」

「はい、ありがとうございます」

「お父さんとルナちゃんは？」

「ああ、大事な話があるようで、ちょっと席を外してきました」

「そう……」

呟《つぶや》き、朔良の母が顔を俯《うつむ》かせた。

表情が曇《くも》ったのが、分かる。

「……僕も手伝います」

一悟はそう言って、台所に這入《はい》る。

「今日はすいません、ルナさんの里帰りに便乗《びんじょう》する形で、いきなり訪問させていただいて」

茶葉を入れた急須《きゅうす》に、湯呑み、それとお茶請《う》けをお盆の上に乗せながら、一悟が言う。

「いえいえ、いいのよ。最初に聞いた時にはビックリしたけど、それ以上に一悟君と久しぶりに会うのが嬉しかったから」

電動ポットのお湯が沸《わ》くのを待ちながら、朔良の母は明るい声音で言う。

「それに、ルナちゃんをここまで無事送り届けてくれて、感謝しかないわよ」

「いえ、そんな……」

……朔良の両親にとって、当時の記憶を思い起こさせる自分は、果たしてどういう存在なのか。

忌まわしい記憶なのか、思い出したくない対象なのか、分からない。

はたして、ここを訪れることを、彼等は快《こころよ》く思うのか。

一悟は、その点を気にしていた。

……でも、今日来訪してみて、二人の反応を見るに、どうやら一悟の登場は彼等にとって苦ではなかったようだ。

「………」

ではやはり、彼等の中で、朔良の記憶はもうほとんど風化《ふうか》したものなのか？

そう思い、少し心がざわめく気持ちもあるにはあるが。

「ルナさんとおじさんは、あまり仲がよくないんですか？」

そのざわめきを、無意識の内に誤魔化《ごまか》そうとしたのか。

一悟は気付くと、そうストレートに尋《たず》ねていた。

「……あの子からは、何か聞いてる？」

数瞬の間の後、朔良の母は聞いてきた。

「その……いえ、あくまでも、僕の憶測《おくそく》です」

「でも、多少なりとも、そう思わせるような素振《そぶ》りをあの子が見せたということでしょ？」

そこで、朔良の母は、一悟に微笑みを向けた。

「一悟君、あの子に信頼されてるのね。なんだか、驚いたし、嬉しいわ」

「え……」

「あの子が、そうやって他人に胸の内を見せるなんて。私にだって、仲のよい友達にだって、決して本音を漏《も》らそうとしないのに」

そこで、朔良の母は体ごと一悟の方に向き直った。

何かを決心したような、真実を語ろうと決意したような、そんな雰囲気が伝わってきた。

「あなたの言う通り、はっきり言って、お父さんとルナちゃんの仲は、あまり良好じゃないわ。ルナちゃんは、あの人の事を恐れてるの」

「……ルナさんから、少し聞いた話ですが」

そんな彼女に、一悟も言葉に気を付けながら、話を進めていく。

「朔良の旦那《だんな》さんが亡《な》くなり、朔良が家に戻ってくる時に、遺産《いさん》をほとんど受け継《つ》がずに帰ってきた。そのことで、朔良とおじさんが口論《こうろん》になっている事が多かった……と。そのせいで、ルナさんは自分が受け入れてもらえないでいると思っています……どうなのでしょう？」

「……そうね」

気を使ったつもりが、随分と直線的な物言いになってしまったかもしれない。

だが、彼女の醸《かも》す雰囲気から察するに、これくらいハッキリ言った方がいいのかもしれない。

そう思いながら尋ねた一悟に、朔良の母は悲しみの混じった微笑《びしょう》を浮かべる。

「……あの人も、すっかり性格が変わっちゃったから」

「それは……」

朔良の母は、どこか遠くを見るような、たそがれるような目をしている。

やがて――。

「一悟君、ごめんなさいね」

「え……」

「私たちの家の事情のせいで、朔良はあなたの前から姿を消した。そのことは、ずっと、ずっと心に残っていたの」

「……っ」

いきなり核心《かくしん》を突くような話題が出され、一悟の心がざわつく。

今はまだルナの話であり、自分の件はやがて――と思っていたところに、不意打ちを食らった気分だ。

「言っても信じてもらえないし、どの口でと思われるかもしれないけど……あの人も、家を救うために朔良に結婚をさせたことを、ずっと後悔《こうかい》しているの」

「後悔……」

何を今更――などと、高慢《こうまん》な正義感を振りかざしたりはしない。

怒《いか》り散らす資格も、自分にはない。

何故《なぜ》なら、彼女の放った言葉に偽《いつわ》りなどないと理解できるからだ。

娘の人生を生贄《いけにえ》に捧《ささ》げるようなマネを、少なくとも、昔のあの人なら喜んで選ぶはずもない。

選んだとしても、事業を運営する立場として、何百という従業員を抱える立場としての、苦渋《くじゅう》の決断だったのだろう。

……でも。

一悟は、唇《くちびる》を噛《か》み締《し》める。

でも、それが過《あやま》ちだったと断定するなら。

それを過ちだと言うなら、それは〝その結果生まれたルナにとって〟――。

――そこで、甲高《かんだか》い音が聞こえた。

「……え？」

「今のは……」

何かが割れたような音だった。

物音は、奥の座敷の方から。

一悟は、朔良の母を見る。

彼女の顔に、不安が浮かんでいた。

その顔を見て、一悟は、キッと自身の表情を引き締める。

「行きましょう」

そう言うと、朔良の母と共に、一悟は座敷へと向かって歩き出した。

※　※　※　※　※

「失礼します、今の音は――」

座敷に戻った一悟。

障子を開けると、そこには朔良の父とルナの姿が――。

「ルナさん⁉」

座敷の中にいたルナの姿を見て、一悟は思わず目を見開いた。

彼女は畳《たたみ》の上に倒れ、完全に横になっていたのだ。

そして傍《そば》には、割れた花瓶《かびん》が落ちていた。

一悟はすぐさま膝《ひざ》を折《お》り、横たわった彼女に寄り添う。

「う……」

ルナの肩《かた》に優しく触れると、彼女の喉から唸《うな》り声が発せられた。

どうやら、意識はあるようだ。

その事実にひとまず安心すると共に、一悟は部屋の中を見回す。

立ったままの朔良の父、口元を押さえ驚いた表情の朔良の母。

そして、座卓の上に、薄い紙切れが置かれているのが分かった。

表面に、『通知表』と書かれている。

ルナの通う学校、姫須原《ひめすばる》女子高校の通知表だ。

「……何があったんですか」

一悟は、朔良の父に問う。

彼は起立の姿勢のまま、視線を別の方向に向けている。

「お父さん……」

朔良の母も、不安の浮かんだ顔を彼に向ける。

「……なんと言うことはない。君が出て行った後、学業を疎《おろそ》かにしていないか、そういう話をしていただけだ」

やっと、朔良の父が口を開いた。

端的《たんてき》に、冷淡《れいたん》に、事実だけを伝えるように。

「通知表を確認した。悪くはなかったが、中学校まで全ての成績で最高評価を維持していたのに、今期の成績はいくつか評価が次点のものがあった。だから……」

彼は言う。

「アルバイトを辞めた方がいいと、そういう話になった」

「………」

「当然だ。学生の本分は学業。そもそも、高校一年生にしてアルバイトに出るなど早すぎる。逆に、このような状態で両立をさせようと店にいては、一悟君にも迷惑が掛かるはずだ。生活費は今まで通りこちらから送る額で十分だろう……と言っただけだ」

——このお店で働かせてもらって、本当によかった。

そう言った、あの日のルナの幸福そうな笑顔を、今でも思い出せる。

ルナは、今のアルバイトを好きでやっている。

一悟を忘れられず、追い掛け、自分を振り向かせたいという恋心は関係なく、今の職場で働くこと自体に充実感と喜びを覚えている。

「……成績が下がったというなら」

一悟は、ルナを抱きかかえたまま言う。

「彼女に、店の都合で急遽《きゅうきょ》の配置換えを承諾してもらい、忙《いそが》しいポジションに入ってもらいました。夏休みに入る前から多くの時間、仕事に来てもらっていたのは事実です。それが原因で彼女の成績が落ちたというなら、僕の責任です」

「………」

「おじさん。学生である子供の成長を見守り、後見する立場にいる大人として、あなたの主張は正当です。ですが、だからって手荒な真似《てあらまね》は――」

「釘山さん、違うの……」

そこで、一悟の腕の中。

ルナが、ゆっくりと体を起こした。

「私が……ふらついただけ」

「ルナさん……」

「気分が悪くなって、眩暈《めまい》がして、倒れた拍子《ひょうし》に花瓶も……おじいちゃんは、何もしてないよ」

「……」

たとえルナの言う通りだったとしても、彼という存在を前にして意識に異常が発生したという事は、彼の言葉や態度が、精神に影響を及ぼしたということだ。

一悟も店長の業務研修で、メンタル不調に関する勉強はしている。

この状況を、見過ごすわけにはいかない。

「ルナさん、バランスは取れるかい?」

一悟は確認しながら、ルナの体からゆっくり手を放す。

そして、彼女がちゃんと自身を支えられていることを確かめると、安心させるように微笑んで。

立ち上がり、朔良の父の前に進み出た。

「……一悟君、これは我々の家庭内の問題だ」

そんな一悟に、朔良の父は言う。

先刻、一悟に向けた優しげなものではない、冷酷《れいこく》な声音と表情で。

「言葉は悪いが、君は部外者だ。黙《だま》っていてくれないか」

「おじさん……」

そんな彼の発言に、一悟は真っ向から応える。

「確かにその通りです。あなたたちの家庭の問題に、僕は口出しできる立場にないかもしれません」

「……だったら」

「と、言いたいところですが、残念ながら僕は、あなたたち家族に人生をめちゃくちゃにされたんです。無関係じゃない」

その一悟の乱暴《らんぼう》な言い草に、朔良の父も、思わず目を見開く。

もしも、朔良の母が言っていた通り。

彼が昔から変わらず、真面目で責任感が強く、あの日の事を後悔しているというなら、一悟のこの言葉を無視できないはずだ。

「単刀直入に言います。今日、僕はあなたと話がしたくてここに来ました」

真《ま》っ向《こう》から、一悟は言う。

「朔良に関する話です」

※　※　※　※

一旦《いったん》、ルナと朔良の母には退席《たいせき》してもらい、朔良の父と二人きりで会話することにした。

「釘山さん……」

朔良の母に付き添われ、座敷から出て行くルナが、すれ違いざまに一悟を見上げた。

不安と、困惑《こんわく》の混じった眼差《まなざ》しだった。

以前、山の中で彼女を見付けた時にも見た眼差し。

一悟は、そんな彼女を安堵《あんど》させるために「大丈夫だよ」と言って、二人を送り出した。

現在、座敷の中には一悟と朔良の父だけとなっている。

「15年ぶりに会ったけど、あなたは変わっていない」

「……」

二人とも、座る事はしない。

立ったまま、言葉を交える、必要な事だけをする。

「少なくとも最初に会った時、僕に見せてくれた姿は、あの頃の優しく、僕が理想の父親と思っていた姿のままだった」

「……理想、か」

そう反復《はんぷく》し、朔良の父は皮肉《ひにく》に笑う。

何を、知ったような事を――とでも言うように。

「だからこそ、あなたがルナさんに接する姿には、違和感を覚えます」

そんな彼に、一悟はただ実直《じっちょく》に、己の意見を伝える。

「本当の自分を偽って、厳しく、恐ろしい存在に見せているかのような。いや、無理に変わろうとしているようにも見える」

「……一悟君」

そこで、朔良の父が一悟に問う。

「……私が、あの子を疎《うと》ましく思っているように見えるかね」

「はい、見方によっては」

けど、だからこそ、それが本心だとは思いません――と、一悟は続ける。

「あなたがルナさんに厳しく当たるのは、決して彼女を嫌っているからじゃない、煙《けむ》たがっているからじゃないと分かります」

莫大《ぼうだい》な遺産のほんの一部しか相続せず帰ってきた娘、その娘が残した孫《まご》。

愛されないといけない、受け入れてもらわないといけない。

以前ルナの心の内を聞いた時には、彼女はそうならないといけないと思っているようだった。

「けど、僕が今日あなたを見て、その認識は違うと思いました。むしろ、不器用ながらも、大切にしようとしているような……けれど、どう彼女に接することが正解なのか分からなくなってしまっているような、そんな感じがしたんです。上手く言い表せませんが」

「……矛盾《むじゅん》しているじゃないか」

その朔良の父のもっともな発言に、一悟は苦笑して言った。

「矛盾している二つの気持ちを同時に抱える事だって、あります」

相反《あいはん》する感情を抱く。

そんな、自分でも分からないような状態になることだってあるのは、知っている。

自分だって、ルナを拒絶し、もう会わない方がいいと言いながらも、彼女を探し求めてしまった。

それと同じだ。

「あなたは15年前、朔良の人生を捻《ね》じ曲げてしまった事を後悔している。けど、ルナさんがいる今、そう思うこと自体にも罪を感じている」

「……一悟君」

そこで、朔良の父が口を開いた。

声が震えている。

「全て、君の言う通りだ」

まるで、懺悔《ざんげ》するような口振りだった。

「本当に、立派になったな。私の情けない本質が、君には筒抜《つつぬ》けのようだ」

「……………」

「今日、君がルナと一緒にやって来るという話を聞いた時には驚いた。だが同時に、遂《つい》にこの時が来たのだという、諦《あきら》めと覚悟もあった」

「それは……」

一悟はそこで言葉を止めた。

朔良の父が振り返って、こちらを見たからだ。

「すまない、私は今から、最低の泣き言を言う」

「……はい」

一悟はその言葉を、苦しげな彼の表情を、真正面から受け止める決意をする。

「私は、私の失敗のせいで朔良に望まない婚約を強《し》いてしまった事を、過去の事を後悔している。朔良が家に帰ってきた時も、そんな過去の過ちを突きつけられているようで、いたたまれなかった。朔良と向き合えなかった。だから、朔良には酷《むご》い態度で接してしまった」

「………」

「あの子がいなくなった今になって、その罪悪感が溢《あふ》れ出る。懺悔《ざんげ》の気持ちでいっぱいだ。だが、朔良の婚約を過ちと言うなら、〝その結果生まれた〟ルナの事を否定することにもなってしまう……ならば、過ちだったとは認められない。それはあの子を否定してしまう事になる。だから……ルナとも向き合えなくなってしまった」

「……」

「責められたら返す言葉もない、指摘されれば言い訳もできない、だから、厳しく高圧的になって、恐れさせ……そんな風に互いの気持ちに蓋《ふた》をするしかなかった、させるしかなかった」

それは、この15年間、彼を縛《しば》り続けた呪《のろ》いの言葉の数々だった。

「……君も、ルナも、朔良も、私を恨《うら》んでいるというなら、それでいい。それでいいんだ。存分に恨んでくれ。無能で頼りにならなくて、こんな自分が許されていいはずがない……」

「……分かりました」

そんな呪詛《じゅそ》を吐き出し終わった彼に、一悟は――安心する。

よかった、やはり彼は、あの頃のままだった。

「ありがとうございます。本心を語ってくれて」

ですが――と、一悟は続ける。

やるべき事が、自分の役目が見付かった。

「今の言葉の中にあった誤解《ごかい》を一つ、解かせてください」

「……誤解？」

「皆があなたを恨んでいるという、その誤解です」

一悟は障子を開け、座敷を出る。

そして、台所に向かう。

ルナが朔良の母に付き添われ、ケアを受けていたところだった。

「ルナさん、大丈夫かい？」

「……うん」

大分、落ち着きも取り戻している。

一悟はしゃがみ、椅子《いす》に腰掛けた彼女と視線を合わせた。

「ルナさん、一つ聞きたい。君は、おじいちゃんの事を恨んでいるかい？　自分に、こんな怖い思いをさせて」

先程の今で、そんな質問をするのは精神衛生上よくないのかもしれない。

けれど、今どうしても再確認しておかなければならない事だ。

ルナは一瞬驚いたように目を丸くするが、一悟が「大丈夫」と言いながら手を握ると、おずおずと視線を落とした。

「……それは」

彼が怖いか、という質問に、ルナは「いいえ」と言わない。

それでいい。

この場で無理にイイ子ぶるなんて、それこそ間違いだ。

「おじさん、おばさん、それに、ルナさんも」

一悟は立ち上がる。

そして、目前のルナに、後方に立つ朔良の母に、台所の外で待つ朔良の父に向けて、言う。

「ちょっと行きたい場所があるんですけど、いいですか？」

※　※　※　※　※

――ちょっと行きたい場所がある。

言うが早いか、一悟は車に全員を乗せて走り出す。

そのまま十数分後、辿《たど》り着いたのは――。

「ここは……」

「おじさんたちは知らないと思いますが……僕は、朔良がいなくなる前年の夏に、彼女と二人で海を見に行ったことがあったんです」

向かった先は、海岸だった。

ルナたちの実家がある小高い山の上から海が見えたため、海岸が近くにあるのは把握《はあく》できていた。

車のナビに従い、一番近いところにやって来たのだ。

他には、散歩する地元の人間が数人いるくらいの、寂《さび》れた海岸。

どこか、あの夏の海を思わせる風景だった。

「いや……覚えているよ」

強い海風が砂浜を駆ける。

ルナと朔良の母は長い髪を押さえながら、朔良の父は無造作に立ち尽《つ》くしながら、一悟の話を聞く。

「朔良が君と海を見に行くと……十年以上前の、ちょうど今くらいの時期だったか」

表情を曇《くも》らせ、朔良の父は言う。

一悟は彼を一瞥《いちべつ》した後、海の方へと視線を向ける。

「その海で、僕は朔良と話をしました。将来の夢の話です」

「……夢か。私は、あの子の未来を――」

「おじさん、聞いてください」

朔良の父はきっと、自分が朔良の未来を潰したと――望んでいた夢も何もかもを破壊したのだと、そう思っているだろう。

けれど、一悟の言いたい事は違った。

「あの日、朔良は将来——家業に携わって、お父さんたちと、家の仕事を助けたいと、そう言ったんです」

一悟の言葉に、朔良の父は目を見張った。

そう、思い出した。

あの夏の思い出の、最後の会話。

日も暮れ始め、帰りの電車の予定時刻も近付いてきた。

そろそろ行こうと言って、一悟が砂の上から立ち上がり、歩き出した——その時。

『イッチ、私ね』

彼女は、先を行く一悟に向けて言ったのだ。

『将来は、家のお仕事を継ぎたいと思ってるんだ。色んな事を経験して、知識をつけて、できるなら家業を継いで、お父さんとお母さんを手助けしたい』

そう言っていたのだ。

一悟は振り返る。

朔良の父も、朔良の母も、きっと初めて聞いた事実だろう。

そう、これは、一悟だけに彼女が語った夢だった。

「だから、というわけじゃありませんが、朔良に後悔みたいなものは……有るか無いかと聞かれたら、少なくとも無かったと思います。だって、中学三年生の時分に、それだけの理想を思い描くことのできた人なんです。旦那さんが亡くなった後も、ここに戻ってきたのだって、あなたたちを心配して、助けになりたいと思ったからじゃないでしょうか」

「……そんなことが、あったのか」

掠《かす》れた声を発する朔良の父に、一悟は頷《うなず》く。

「一悟君は……その時の事を、ずっと覚えてくれてたのね」

朔良の母は、どこか嬉しそうな、切なそうな表情で一悟に言う。

「はい……ただ、正確には〝ずっと〟というわけじゃありません」

一悟は、少し目を伏《ふ》せながら言う。

「最近思い出したんです。辛い記憶に蓋をして、ずっと忘れようとしていました。でも、彼女と出会って思い出しました」

そこで、一悟はルナを見る。

朔良の父も、彼女に視線を向ける。

「ルナと……」

「僕は、初めて彼女に会った時からずっと、彼女に朔良の面影を感じていました。ルナさんがいたから、忘れようとしていた記憶も蘇《よみがえ》った。朔良の存在が僕の中で、一層強いものとなってしまった……でも、結果的にそれは悪いことばかりじゃなかった。こうして、あなたたちに彼女の想いを届ける事ができたんですから」

「……」

「そして、朔良があの頃、望んでいた夢……働けるようになったら、色んな事を経験してみたいと語っていた、そんな夢」

一悟はルナに、優しい眼差しを向ける。

「ルナさんは今、それと同じ夢を持っています」

ルナがグッと、唇を固く結んだ。

一悟が、ルナの本心を——彼女の本当にやりたい事を、朔良の父に伝えてくれようとしている事に気付いたのだ。

「彼女の夢を助けてくれませんか。僕も、そのためならどんな支援《しえん》も厭《いと》いません、お願いします」

「……ルナ」

一悟の言葉を聞き終わると、朔良の父はルナを振り返った。

「私は、お前に……」

どう説明したらいいのか、分からないのかもしれない。

彼は、自分自身を疎《うと》まれ、嫌われ、恨まれるべき存在だと思っている。

朔良に辛く当たったのも、ルナに辛く当たったのも、それは一周回った、あまりにも不器用で痛々《いたいた》しい、自傷《じしょう》行為だったのだ。

「……すまなかった」

過去は変えられない。

過ちを過ちと認める事も、そんなことはないと否定する事もできない。

そんな二律背反《にりつはいはん》を抱えている彼。

けれど、二律背反……相対する感情を抱き生きているのは、ルナも一緒だ。

一悟と一緒にいたい、許されないと分かっているのに——。

「おじいちゃん、後悔しないでください」

ルナは、祖父の手を取った。

聡《さと》い彼女は、気持ちを汲《く》むことができたのだ。

「釘山さんが言った通り、お母さんはきっと、おじいちゃんの事を恨んだり、憎んだりなんてしていません。だから、気にしないで」

（……そうだ）

一悟が今日、朔良の父や母と最初に会った時、普通に会話ができた。

15年前の続きのように、朔良に対する悔恨《かいこん》なんて抜きにして。

一悟だって、彼等の事を恨んでなんかいない。

あれから15年、ずっと苦しみ続けてきたという本心を知れば、尚更《なおさら》だ。

ルナは言う。

伝えようとする。

「誰もあなたを恨んでいません。それだけは、信じてください」

朔良の父は、グッと唇を噛み締める。

そんな彼の肩に、背後から朔良の母が優しく手を置く。

「……これから、家族として、やり直せるだろうか」

「はい」

ルナは微笑む。

あの天使のような笑顔を、祖父へ向ける。

※　※　※　※

——こうして、ルナと彼女の祖父の間にあった、一筋縄《ひとすじなわ》ではいかない感情のこじれのようなものも、改善することができた。

いや、改善なんて大袈裟《おおげさ》なものではない。

ただ、互いの事を話し合っただけだ。

朔良の事、ルナの事、朔良の父の事。

ただそれだけの事だけど、それが大事な事だったのだ。

『知らない』ということは、そのまま心理的にマイナスに働く事が多い。

そして『知る』という事には、道理や整合性を措《お》いておいても、心理的な負担を軽減する効果がある。

救いになる事が多い。

終わってしまえば、大した事じゃなかったかもしれない。

15年に及《およ》ぶ呪いが、たった数時間のやり取りで解消されてしまったのだ。

つまらない話だった。

けれど、この蟠《わだかま》りの解消には、いくつもの奇跡《きせき》がなければ至れなかった。

一悟がルナと出会わなければ、ルナに心を許され朔良の父や母の事を知らなければ、一悟が朔良との記憶を思い出さなければ……。

全ての出会い、全ての過去が収束したからこそ、この呪いは解かれたとも言える。

何より、このゴール地点へと導いた一悟の功績も大きかったのだが。

「ルナも、一悟君と一緒に帰るといい」

伊東家の屋敷の前。

海から戻り、車から降りたところで、朔良の父がルナと一悟へそう言った。

「え……」

本来なら、今日は一悟だけ先に帰って、ルナは何泊かしていくはずだった。

「今のルナは、君の傍《そば》にいる方がいいと思う」

朔良の父が、晴れやかな表情でそう言った。

15年前の記憶の中と同じ、おおらかで優しく、誠実な人柄の滲み出た表情だ。

そんな彼の言葉に、朔良の母も「そうね」と同調する。

「一悟君、君には、大変申し訳ないことをした」

朔良の父が、深く頭を下げる。

「そして今日、こうして多大な恩までもらった。その上、こんな事を言うのもなんだが、ルナを傍で支えてやって欲しい」

「おじいちゃん……」

彼の言葉に、ルナが恥ずかしそうに赤面《せきめん》する。

「君の傍なら安心だ。何より、今の君とルナを見ていると、あの頃の朔良と君のような仲の良さを感じる。私は、それがとても微笑ましく思えてね」

「本当に、やっぱりあの子の娘だから、一悟君とお似合《にあ》いなのかもね」

朔良の父と母が、そう肯定的な発言をすると、ルナも満更《まんざら》ではなさそうに、頬を染めながら微笑する。

（……ん、ううん？）

一方、一悟は額に冷や汗を浮かべていた。

この何とも言えない、ルナの親族から向けられるウェルカムな雰囲気。

何気に、サラッと外堀《そとぼり》が埋《う》められたような感じがするのは、気のせいだろうか？

（……いや、それは流石《さすが》に自意識過剰過ぎ……だと思いたい）

※　※　※　※　※

「あ、イッチ、この先だよ」

かくして、一悟とルナは帰省も早々に、朔良の両親のはからい（？）で、彼等が暮らす街へと帰ることになった。

ただ、帰路につく前にやらなくてはいけないことがある。

朔良の両親にも話し、是非《ぜひ》とももと承諾を得た。

その目的を果たすため、ルナに案内されながら、一悟はある場所へと向かった。

そこは――。

「……ここか」

ルナの実家から少し離れた場所にある、山の中腹《ちゅうふく》辺りに作られた墓所の中。

屹立《きつりつ》する黒色の大理石に、伊東家と彫られている墓がある。

「今の家に引っ越してくる時に、伊東家のお墓も移したんだって」

「そうか……でも確かに、ここは見晴らしがいいし静かだし、安心して眠れそうだね」

そして今、このお墓の下には、朔良も眠っている。

今一度、その現実を目の当たりにさせられた。

「……そうか」

墓石の横に刻まれた彼女の名前を目にし、一悟は理解する。

本当に……朔良は、もういないのだ。

「………」

用意しておいた線香《せんこう》に火を点《つ》け、香炉《こうろ》に立てる。

手を合わせ、目を閉じ、心を無にして拝《おが》む。

しかし自然と、嫌が応にも、脳裏《のうり》には彼女との記憶の数々が蘇ってしまう。

桜《さくら》の花びらが舞う通学路を、彼女と一緒に歩いた記憶。

彼女の家で、一緒にゲームや遊びに興じた記憶。

共に外出し、プールや公園、夏祭り、ショッピングセンターなどを訪れた記憶。

積み重なった他愛《たあい》のない思い出、そのどの風景の中にも、彼女の眩《まばゆ》い笑顔が存在していた。

そして、あの夏の海。

思い出さないようにと蓋をしていた、互いの未来を話し合った日の事。

帰り際、朔良は一悟に自分の夢を語った。

実家の家業を手伝いたいと言った後、彼女は――。
『そこに、イッチもいてくれたら凄く嬉しい……かな』
そう、そうだ。
最後の最後、朔良はそう言ったのだ。
あの頃は、よく分からなかったけど。
一緒にやれたら楽しいね、という意味くらいにしか思っていなかったけど。
それはもしかしたら、彼女の一悟に対する――。
「イッチ？」
「あ……」
眦《まなじり》から涙がこぼれ落ちる。
情けないほどボロボロと、堰《せき》を切ったように。
隣のルナも、心配している。
「だい、じょうぶだ」
ダメだ、止まれ。
今はそんな時じゃない。
必死に自制しようとする一悟。
けれど、止まらない。

脳裏に浮かんだ朔良の姿が。

あの砂浜での思い出の光景が、眩い記憶が、その時には確かに抱いていた幸福感を伴《ともな》って、消えてくれない。

しかし、そんな光に満ちた記憶を、もう取り戻すことも、更新することもできない。

その事実が、ひたすら心を打ちのめす。

気付けば、一悟は泣き崩《くず》れていた。

大丈夫だと言いながらも、涙を止められず。

小さく嗚咽《おえつ》を漏《も》らしながら、両手で顔を覆《おお》い、かつての初恋の人の死を悼《いた》む。

「イッチ……」

そこで、そんな一悟を、優しく包み込む感触。

ルナが肩を抱くように、一悟の両腕にその細腕《ほそうで》を回していた。

無言で、言葉を挟まず、ただただ慰《なぐさ》め、落ち着くのを待つように、ルナは一悟を抱きしめる。

――しばらく、その姿勢のまま、二人は時間を共にした。

――やがて。

「……ありがとう」

少し心も落ち着き、涙が止まった一悟は、袖口《そでぐち》で酷《ひど》い状態になった顔を拭いながら、ルナ

に言った。

「イッチ、大丈夫？」

ルナが体を離しながら、心配そうに尋ねる。

一悟の受けた心理的なショックは計り知れない。

それを、彼女も理解している。

「ああ、もう大丈夫だ」

ルナに気を使わせないように、一悟は平素《へいそ》の顔で答える。

「……あのね、私が今日、イッチに一緒に里帰りして欲しいって言ったのには、色んな理由があったんだ」

そこで、ルナは本心を語る。

「おじいちゃんと会うのに、勇気がなかった。心細かったから……だから、イッチに傍にいて欲しかった。情けないけど、それが本当の気持ちだった」

「ああ、それでいい」

君はまだ子供だ。

大人を頼ってくれていいんだ。

そう、一悟は思う。

「それとね」

そこで、ルナは視線を伏せながら言った。

「イッチが、お母さんに会いたいのかなって、そう思って、会わせたくて」

「……………」

「変だよね。イッチが私にお母さんを重ねている事を嫌《いや》がって、あんな事をした夜の後だったのに……イッチが会いたがってるなら、お母さんと会わせたいって思うなんて」

相反《あいはん》する二つの感情。

それを同時に抱くこともある。

だが、どちらかの感情を選ぶ事だってできる。

あの時、彼女の中で綯交《ないま》ぜになっていた二つの感情から、彼女が選び出したのがそれならば——そのルナの選択は、一悟を救ってくれたといっても過言《かごん》ではない。

「ありがとう、よかったよ。ここに来れて。君が、そう決断してくれて」

「うん、本当によかった」

ルナは顔を上げ、一悟を見る。

黒さの奥に、少し翠《みどり》の混ざった宝石のような瞳が、一悟を見る。

彼女の瞳もまた、潤《うる》んでいた。

「お母さんは、きっと幸せだよ。お母さんの事を、こんなに一途《いちず》に想い続けてくれる、そんな素敵《すてき》な人に出会えて」

心の底から、感謝と情愛《じょうあい》に満ちた表情で。

「お母さん、初恋の人があなたで幸せだったと思う」

「……………」

初恋の相手が……。

それは、自分も同じだ。

オレンジと紺碧《こんぺき》がグラデーションを描く空を見上げ、一悟はそう思った。

※　※　※　※　※

その後、ルナと共に車に乗って、改めて一悟は帰路《きろ》についた。

向こうを出発した時には既《すで》に夕方だったため、高速道路を走るうちに、すっかり夜になってしまった。

「そうだ。この先に、あのサービスエリアがあるよ」

高速を走っている途中、唐突《とうとつ》に、ルナがそう声を発した。

「あのって……ああ、前の出張の時に寄ったサービスエリアか」

ルナに言われナビを見た一悟が、表示されたサービスエリアの名称に気付く。

「そろそろ休憩だよね、寄ってこうよ。ヒマワリアイス食べよっ！」

「ちゃっかりしてるな」

ということで、ルナに促《うなが》されるがままに、一悟は車をサービスエリアに進入させる。

先日、和奏《わかな》と共に来たサービスエリアに、今日はルナとやって来た。

まさか、あの日の約束がこんなに早く叶《かな》うとは——と、一悟も呆《あき》れ気味《ぎみ》に思う。

「ほら、これだよ、ヒマワリソフト」

そこで、ルナは早速、例のインパクト抜群のソフトクリームを購入して、車へと戻ってきた。

人目に晒《さら》される場所に二人きりでは出られないので、彼女一人に行ってきてもらった形だ。

やっぱりヒマワリの種にしか見えないが、チョコレートでコーティングされたアーモンドだという。

「はい、あーん」

車の中、ルナがスプーンですくったアイスを差し出してくる。

「うん、スプーンごともらうよ」

「えー、そのままパクッでいいのに」

ルナからスプーンを受け取り、アイスを一口頬張る。

「……うん、確かにアーモンドチョコだ。で、結構おいしい」

「そうでしょ！　初めて食べたけど、私も好き！」

ルナは楽しそうに、アイスを口に運んでいる。

（……今日半日のローテンションが嘘《うそ》みたいだな）

そんな彼女の様子を見て、一悟は思う。

まぁ、彼女の心に掛かっていた靄《もや》の一つが晴れたと考えれば、これだけ元気になるのも当然だろう。

「ねぇ、イッチ」

そこで、ルナが助手席から窓の外を指さす。

「折角《せっかく》だし、展望台《てんぼうだい》も見に行こうよ」

「展望台？」

「うん、夜景が綺麗だったって、前に言ってたよね」

「うーん……」

一悟は、車中から展望台の方を見る。

そこそこ夜も遅いためか、タイミングがよかったのか、サービスエリア内にはほとんど人影も見当たらない。

「大丈夫だよ。アイスを買いに行った時、向こうの方も見てきたけど、私たち以外に全然人もいなかったし」

ちゃっかり偵察《ていさつ》行動をしているあたり、抜け目ない。

「……まぁ、少しくらいなら」

「やった」

車を降り、二人は展望台へと向かう。

そこから、先日和奏とも一緒に見た夜景を、一悟はルナと共に目の当たりにした。

「わぁ、すごい！」

壮大なその光景に、ルナははしゃぐ。

「あれは何だろう？」

「工場の明かりだね」

「なんだか、かっこいいね。あ！　あっちに遊園地がある！」

ライトアップされた観覧車《かんらんしゃ》が見える。

それを指さし、ルナは一悟に顔を向けた。

ほんのり上気した頬から、興奮が窺える。

「いつか、一緒に遊園地にも行こうよ」

「……………」

ローテンションどころか、逆にハイになっているようにも思える。

若干《じゃっかん》暴走寸前の雰囲気を察し、一悟は「ダメだよ」と釘を刺す。

ルナは「えー」と唇を尖《とが》らせるが、その砕けた表情からはまったく不服な様子は感じられなかった。

――そんな風に楽しい時間を過ごし、夜も遅く。

一悟の車が、ルナのマンションの前に到着した。

「じゃあ、今日は本当にありがとうね、イッチ」

「ああ、じゃあね」

ルナの部屋の前で、別れの挨拶をする。

「また明日からよろしく」

「うん、じゃあ、おやすみ」

ルナに背を向け、去ろうとする一悟。

瞬間だった。

ギュッと、背中から抱き着かれる感覚。

背面を包み込んだ柔らかな感触に、一悟の心臓が止まりかけた。

「本当に、本当にありがとうね、イッチ……」

心の底から溢れ出たような、そんな甘い声が、耳朶《じだ》を打つ。

囁《ささや》かれたのは、感謝の言葉。

そして――。

「好き。大好きだよ。イッチ」

ありったけの想いを乗せた、愛の言葉。

「今日、お母さんの事を想って泣いてたイッチの姿を見て……好きな人をずっと一途に思い続けているイッチが、とても素敵な人で……もっと好きになった。私ね――」

背中から、温かい感触が離れる。

「辛い事もいっぱいあるけど、でも、私の好きになった人が――初恋の人があなたで本当によかった」

慌てて振り返る一悟。

振り返ったものの、そのまま硬直するしかない彼に「えへへ」と微笑んで、ルナはドアを閉めた。

真っ赤《まっか》に染まった顔を慌てて隠す、照れ隠しのように。

「……ビックリするな、もう」

本当に心臓が止まり掛けた。

誰かに見られでもしたら――と、いつも通りの思考をする一悟。

(……でも)

しかし、いつもと違ったのは、悪い気がしなかった事。

それは、朔良を重ねることもない。

ただ純粋な、ルナを助けられたという満足感と……そして、彼女の「好き」という言葉に、幸福感を覚えたからだった。

エピローグ　告白

八月も中旬《ちゅうじゅん》を越え、忙《いそが》しさのピークも過ぎ去った。

世間《せけん》のお盆休暇《ぼんきゅうか》も終わり、普段通りの日常に戻る人々も増える時期だ。

そして、それは一悟《いちご》たちにとっても例外ではない。

ルナは家と職場を行き来し、店では工作・レクチャー教室の講師をはじめとした仕事に努め、毎日を楽しそうに過ごしている。

先日実家に帰った際、朔良の父——ルナにとっては祖父《そふ》から、成績に関して一言釘《くぎ》を刺されていた。

結局、彼もルナの現在の生活と、彼女の希望を理解し、意思を汲《く》んではくれた。

しかし、その点に関してはルナもちゃんと考えているようだ。

仕事をしつつ、だからと言って成績も極端《きょくたん》に落とさないよう、学校から出された課題に加えて自習も行い、勉強を頑張《がんば》っている様子である。

無理だけはしないように、一悟も気には掛けている。

一方、そんな一悟に関しても、夏の繁忙期《はんぼうき》も峠《とうげ》を越え、ここからは端境期《はざかいき》という売り上げが落ち込む時期に入る。

店側としては人件費を削ったり在庫金額の調整を行い、経費の削減で対応する季節だ。

和奏《わかな》と協力しつつ、各ラインに指示を出し、店の運営に力を注ぐ。

そんな日々が続く中、一悟とルナの関係性に関しては、そこまで大きな変化も起きていない。

職場では上司と部下として接し、仕事が終わった後は、時々彼女の家を訪れて、店の業務を教育したり、またはルナの勉強を見たりする。

そんな毎日を過ごしている。

大した事件も混乱もない、ある意味平和な日々だ。

（……安定した、比較的健全な関係と距離感を構築できているのかもしれないな）

などと、一悟は呑気《のんき》に思っていた。

そんな、ある日の事。

「あ、店長」

職場の休憩室《きゅうけいしつ》にて、コーヒーブレイクにやって来た一悟は、そこで偶然《ぐうぜん》ルナと鉢合《はちあ》わせた。

「ああ、ルナさん……って、どうしたんだい？」

そこで、一悟と遭遇した瞬間、ルナが周囲をキョロキョロと見回す。

そして、誰《だれ》もいないことを確認すると、グッと一悟に体を寄せてきた。

いきなりの行動に、一悟も慌《あわ》てる。

「今夜は、イッチが好きな料理を作って待ってるから、早く帰ってきてね」

頬《ほお》を桜色《さくらいろ》に染め、甘い声で囁《ささや》くルナ。

突然の蠱惑《こわく》的な行動に意表を突かれ、動きが停止する一悟を残し、ルナは足早《あしばや》に休憩室から去《さ》っていった。

「……健全な関係性を構築できている？」

そう考えていた自分に呆《あき》れる。

よくよく考えてみよう。

ここ最近、彼女の家に行く回数が増えている、と言うかほとんど当たり前になりつつある。

その目的は、あくまでも彼女に対する業務上の教育指導や、過度なストレスを与えないための息抜きも兼ねてなのだが……。

もしかして、麻痺《まひ》してきているのでは？

そんな日々に、自分もどっぷり浸かって嵌《はま》りかけているのかもしれない。

（……僕《ぼく》がそんな事じゃダメだぞ）

今一度、一悟は自身に活を入れ直す。

※　※　※　※　※

「やっほー、久《ひさ》しぶり、ワカナナ」

「久しぶり、元気にしてた？」

そんな日々の中――視点は変わる。

夜の居酒屋《いざかや》。

そこを訪れたのは、一悟が店長を務める大型雑貨店で、彼のよき補佐官《ほさかん》として働いている副店長、和奏だった。

私服姿の彼女は、待ち合わせ相手の座る席に向け、手を振りながら進んでいく。

「元気元気。で、何飲む？　あ、先に始めさせてもらってるから」

「うん、見れば分かる」

相手は和奏の大学時代からの友人で、細江《ほそえ》という。

ショートカットの茶髪《ちゃぱつ》に、活発《かっぱつ》で気の強そうな顔立ちの女性だ。

大学卒業後も親交があり、お互い仕事も忙しいが、時々こうして一緒《いっしょ》に飲んだりしている。

今日も、互いに忙しい時期が一段落したので、久しぶりに会って飲もうと約束をしていたのだ。

ちなみに、ワカナナとは彼女の綽名《あだな》。

本名の、和奏七緒《わかななお》にちなんだものである。

「じゃあ、私も生《なま》ビールで。すいません、ご注文よろしいですか？」

店員を呼び止め、注文。

しばらくすると、テーブルに二人分のビールが届けられる。

和奏はグラスを、細江はジョッキを持ち、「『かんぱーい』」と杯を合わせた。

「さてと、でさ、聞いてよワカナナ。この前、うちの事務所でさー」

既《すで》にできあがっている細江が、和奏に愚痴《ぐち》を話し出す。

和奏も微笑《びしょう》しながら、そんな彼女の話を聞く。

最近の仕事の事や、昔の思い出話など、談笑《だんしょう》を交えながら二人は久々《ひさびさ》の再会を楽しんでいた。

やがて――。

「……で、ワカナナ、例の店長君とはどうなったのよ？」

大分《だいぶん》お酒も進んだところで、細江が不意にそう切り出した。

彼女は、和奏が職場の上司である釘山《くぎやま》一悟に恋心を抱《いだ》いていると知っているのである。

「ど、どうって」

突然のコイバナ突入に、和奏もグラスにつけていた唇《くちびる》を思わず浮かし、動揺《どうよう》を見せる。

「どう、と言われても……」

「それから、なんか進展はあったの？　ていうか、少しはアプローチとかしたわけ？」

「し、したよ」

細江に問われ、和奏は視線を泳がせながら答える。

「へぇ、どんな感じで？」

「え、そ、それは……」

若干《じゃっかん》、お酒が入っている為《ため》か。

顔を赤らめ、胸元をハタハタとさせながら、少し照れてはいるが和奏は正直に語り出した。

「ええと、昼食にお弁当を作ってきましょうかって聞いてみたり、体調を崩された時に看病《かんびょう》に行こうかとか提案したりしてるかな」

「いや、女子中高生か」

細江が真顔で、どストレートに突っ込む。

「じょっ……！」

「やってることが乙女《おとめ》チックすぎる。青春か。アオハルか」

「そんな……私なりに結構、思い切って尋ねたのに……」

しょぼんとする和奏を見て、細江は溜息《ためいき》を吐《つ》く。

相変わらずだ……という感じで。

「で、でもでも、私だって、この前それとなく本人に想いを伝えたりしたんだよ」

「え、そんな事してたんだ」

「そう。だから少しは前進したんだよ」

と、得意げに語る和奏に、細江は「へー」と返す。

そして、手元のジョッキを空にすると、グッと顔を寄せた。

「じゃあ、その時のこと教えてよ」

「あのね……」

和奏は細江に、出張《しゅっちょう》の日の事を語り出す。

夜のサービスエリアで、夜景を見ながら、一悟に直接的ではないにしろ、自分の心の内を語った。

そしてそれに対し、彼が何と言ってくれたかを――。

「だから、私は彼の為に、私にできる事をしようと思ったの。彼の車を代わりに運転して、快適な睡眠を提供。あ、それに、夏祭りの日には、酔い潰《つぶ》れちゃったアルバイトの子たちを私が率先《そっせん》して介抱《かいほう》し……どうしたの？」

和奏はそこで、細江が呆れ返った顔になっている事に気付く。

「いや、それさ……」

細江は言う。

「向こうは気付いてないでしょ、あんたの気持ち。全然、におわせにすらなってないよ」

「え、そ、それは……私も分かってるよ」

「分かってるの？　じゃあ、自己満足じゃん。全然前進してないじゃん。店長君も、あんたのこと信頼できる部下くらいにしか思ってないって」

「う、うう……」

そう言われてしまえば、何も言い返せない。

体を縮《ちぢ》こませる和奏。

そんな彼女を見て、細江は微笑みを浮かべる。

「ワカナナって本当に初心《うぶ》だもんね、いつまで経《た》っても」

「だって、ほとんど恋愛経験なんてないし、どうしたらいいのか分からないよ……」

「んー、ぶっちゃけ見た目はプロポーション完璧のナイスウーマンなんだから、ここは大人の色気《いろけ》とかを出して、大胆《だいたん》に迫るべきでしょ」

焼き鳥の串《くし》を振りながら、細江がアドバイスをする。

「大胆に……」

「そうそう、いきなり自宅に乗り込んじゃうとか」

「そ、そんな非常識な」

「なに言ってんの。そんな真面目《まじめ》ちゃんのままじゃ、いつまで経っても平行線《へいこうせん》だよ？」

「……平行線」

「いいの？　それで」

黙《だま》り込んだ和奏に、細江は更に畳《たた》みかける。

「あんた、もうアラサーでしょ。いつまでも初恋を楽しむなんて余裕《よゆう》ないんだし、そろそろ腹括《くく》んないと。あ、すいませーん、生、大ジョッキで」

「……………」

――思い切って、変わらないといけない。

和奏はテーブルの下で、人知れずグッと拳《こぶし》を握《にぎ》った。

※　※　※　※　※

「着いたよ」

「うん、ありがとう、イッチ」

――ある日の、仕事終わりの夜。

車が停車し、中から一悟とルナが下りる。

場所は、一悟の社宅。

今日は珍《めずら》しく、一悟の家にルナが訪れているのだ。

「ありがとうね、イッチ。私の我儘《わがまま》を聞いてくれて」

「いや、我儘ってほどの事じゃないから、気にしなくていいよ」

今まで、一悟の家にルナを招いた時には、決まって苦い思い出ばかりが生まれていた。

だから今日は、その記憶を払拭《ふっしょく》したい。

夕食を作り、一緒に食べるだけの食事会でいいので、一悟の家に行ってもいいか。

そう、ルナが提案したのだ。

少し渋《しぶ》った一悟だったが、まぁ確かに、彼女の気持ちも分からないでもない。

そしてどの苦い記憶にも、自分の責任が少なからず関わっているということもあり、承諾した。

「今日は、お酒は飲まなくていいの？」

「飲まないよ」

食事の後は、彼女を家まで送らないといけないのだ。

加えて、過去には彼女と一緒の時に酒を飲んでよかったことがなかった。

というわけで、今夜は飲酒厳禁《げんきん》である。

早速、一悟とルナは家に上がり、夕食の準備を始める。

「今日は、何を作る予定なんだっけ？」

一悟が聞くと、ルナは用意してきた食材を広げながら言う。

「うん、ええとね、一応私とイッチが初めて会った時の――」

と、そこで。

リビング内に、チャイムの音が響き渡った。

誰かが訪ねてきたようだ。

「お客さん？」

「の、ようだね。誰だろう、こんな時間に」

一悟は、リビングの入り口へと向かい、そこに備え付けられたモニターを見る。

画面の中に、カメラに映された来訪者の姿があった。

和奏だった。

「え、和奏さん？」

「副店長？」

一悟の声を聞き、ルナも驚いてやってくる。

カメラの中には、何やらせわしない様子で髪《かみ》を弄《いじ》ったりしている和奏の姿が。

「ああ、何だろう、何か緊急の要件でも……」

そこで、一悟は気付く。

ここに今、ルナがいるのはまずい。

一人暮らしの男の家に未成年の女子高生が、しかも職場の上司と部下の関係の二人がいるという状況は、言うまでもなく危険な状態だ。

一悟も再三気に掛けてきた点。

別に和奏に見せなければいいのだが、万が一の事もある。

「ルナさん、念のため、奥の客間に隠れてて」

「う、うん。あ、イッチ、玄関《げんかん》に私の靴《くつ》が」

「そうか、ありがとう、隠しておく」

一悟、ルナに他の部屋へ行き隠れているよう指示。

玄関へと向かい、彼女の靴を靴箱に隠す。

そして――。

「どうしたんですか？　和奏さん」

玄関ドアを開け、そこに立つ和奏と対面した。

「あ、店長、お疲れ様です、その……」

何やら落ち着きがない。

緊張している様子だ。

「何か、緊急事態ですか？　業務内容で問題でも？」

「あ、ええと、特に用があるというわけじゃないんですが……」

おどおどしながら、和奏が言う。

その言葉に、一悟は疑問符を浮かべる。

「なら、どうして僕の家に？」

「で、ですよね、おかしいですよね！　すいません、本当にごめんなさい！」

大慌てである。

彼女の行動の意図《いと》が摑《つか》めず、一悟は黙っている事しかできない。

「あの、その……そうだ、よければ夕食をご一緒にどうですか？」

そこで、藪《やぶ》から棒《ぼう》に和奏が提案する。

「あ、ええと、今ちょうど作っているところなので、外食はちょっと……」

一悟は困惑《こんわく》しながらも、丁重《ていちょう》に断る。

「そうですか……あ、で、でしたら、私もお手伝いしますので」

「え？」

「よければ、夕食は私が用意をさせていただきます」

「いや、そういうわけには。和奏さんに手間を掛けさせるわけにはいかないですし……」

「いいんです。私、店長のお役に立ちたいので」

何やら、今夜の彼女は様子がおかしい。

そんな風に押し問答をしていると、そこで。

「ん？」

家の奥の方から、焦《こ》げ臭《くさ》いにおいが漂ってきた。

「どうしました？　店長」

「……そうだ、火を点けっぱなしだった！」

一悟が気付く。

鍋《なべ》に火を掛けたところで、和奏がやって来たのだ。

そこで、ルナに隠れるように指示したりとバタバタしていたので、火を切り忘れていた。

一悟は慌ててリビングへと向かう。

部屋に飛び込み、システムキッチンを見ると、お湯を沸かすために点けていたコンロの火に、ロールのキッチンペーパーが倒れて引火していた。

「店長、火が！」

「危ないです、和奏さん、下がって！」

燃え上がっているキッチンペーパーを見て、一悟は後ろの和奏に近付かないよう指示する。

「店長、これを！」

そこで、和奏が冷蔵庫の傍に置いてあったキッチン火災用の消火シートを手渡してきた。

一悟はそれを受け取り広げると、火が燃え移ったキッチンペーパーに被《かぶ》せる。

……数秒後、シートをどかすと、無事に鎮火《ちんか》していた。

どうやら大事には至らなかったようだ。

一安心し、「ふぅ」と息を吐く。

「……危ないところだった。火災報知器が動く前でよかったです」

「安心しました」

「ええ……え？」

そこで、どさくさに紛《まぎ》れて和奏も家の中に入ってきていることに気付く。

「和奏さん、いつの間に」

「ああ、す、すいません勝手に！」

混乱する和奏を、一悟は落ち着かせようと静かな声音で言う。

「いえ、おかげで助かりましたので、気にしないでください。ありがとうございます」

お礼は言うが、しかし、それとは別の話として、一悟は少し胡乱《うろん》そうに和奏を見る。

「どうしたんですか、和奏さん。なんだか、おかしいですよ。普段の冷静なあなたらしくない」

「…………」

そう言われた瞬間だった。

和奏は、ぐっと唇を噛み締め。

「店長！　いえ、釘山さん！」

「はい？」

「す、好きです！　よろしければ、お付き合いいただけないでしょうか！」

「……はい？」

顔を真《ま》っ赤《か》にして叫《さけ》んだ和奏と、絶句《ぜっく》する一悟。

一瞬、時が止まった。

だが、その一瞬の後、正気に戻った和奏が、いきなり何を言ってしまったんだという顔になる。

しかし、まだ混乱は継続中のようだ。

「あ、ご、ごめんなさい、友人に積極的に行けと言われたので、その……」

「……」

和奏の口から放たれた突然の告白に、一悟は無言で立ち尽《つ》くすしかない。

目の前には、顔を伏せて押し黙った和奏の姿。

自分が起こした行動のはずなのに、自分で理解ができないのかもしれない――故《ゆえ》に、彼女も一悟と同じように硬直《こうちょく》してしまっていた。

そして――。

そこで、一悟は視線をずらし、気付く。

リビングの入り口に、ルナが立っていた。

その手には、水で濡れたバスタオルが。

火が出ている事に気付き、彼女も消火しようと準備してきたのかもしれない。

そして丁度《ちょうど》、和奏の発言を聞いたようだ。

顔を伏《ふ》せている和奏は、まだルナの存在には気付いていない。

しかし、ルナもいきなり飛び込んできた和奏の発言に呆然《ぼうぜん》とし、一悟もまたルナに早く隠れるようにと指示をする事すら忘れてしまっていた。

釘山一悟の家の中に、まるで時間が停止したかのような静寂《せいじゃく》が満ちる。

全員が、今のこの状況を把握《はあく》できず、思考が停止している。

ただ、波乱万丈《はらんばんじょう》な未来が絶対にやって来る——そんな気配だけを、一悟は確実に感じ取っていた。

あとがき

初めまして、もしくはお久《ひさ》しぶりです、機村械人《きむらかいと》と申します。

『君《きみ》は初恋《はつこい》の人《ひと》、の娘《むすめ》』第二巻となります。

第一巻ラストにて衝撃《しょうげき》の行動に出たルナと、その行動に度肝《どぎも》を抜かれてしまった一悟《いちご》。社会的・倫理《りんり》的に結ばれるわけにはいかない二人の恋愛の、その続きとなる物語でしたが、如何《いかが》だったでしょうか？

第一巻にご満足いただき、それと同じだけの期待を抱いて本作を手に取ってくださった方がいらっしゃいましたら、ご期待に添《そ》えられたなら幸いです。

また、第一巻では物足りないと思いつつも、更なるパワーアップを見込んで本作を手に取っていただいたという方がいらっしゃいましたら、満足いただける仕上がりになっていることを心から願います。

いちかわはる先生には、一巻同様素晴《すば》らしいクオリティーの表紙・口絵・挿絵を手掛けていただきました。

また、アニメイト様では、一巻に引き続き、この二巻でもかけ替えカバー特典を実施《じっし》していただけることになりました。

本作が、とても多くの方々に支えられて作られているのだと実感する日々です。

最後になりますが、そんなお世話になった皆様に謝辞《しゃじ》を。

この作品を作り上げる上でお世話になりました、担当編集様、GA文庫編集部の皆様、営業部の皆様。

本作でも、作品を彩《いろど》る素敵《すてき》なイラストを類稀《たぐいまれ》なるセンスで仕上げてくださいました、いちかわはる先生。

校正様、印刷所の皆様、全国の書店様。

そして、前回に引き続きこの本を手に取り、このページにまで目を通していただいている読者の方々。

誠にありがとうございました。

それでは、またお会いできる日を夢見て。

最後までお読みいただき、ありがとうございました。

ファンレター、作品の
ご感想をお待ちしています

〈あて先〉

〒106－0032
東京都港区六本木2－4－5
SBクリエイティブ（株）
GA文庫編集部 気付

「機村械人先生」係
「いちかわはる先生」係

本書に関するご意見・ご感想は
右のQRコードよりお寄せください。

※アクセスの際や登録時に発生する通信費等はご負担ください。

https://ga.sbcr.jp/

君《きみ》は初恋《はつこい》の人《ひと》、の娘《むすめ》 2

発　行　　2021年10月31日　初版第一刷発行
著　者　　機村械人
発行人　　小川　淳

発行所　　SBクリエイティブ株式会社
〒106－0032
東京都港区六本木2－4－5
電話　03－5549－1201
03－5549－1167（編集）

装　丁　　FILTH

印刷・製本　中央精版印刷株式会社

ISBN978-4-8156-1154-5
Printed in Japan
GA 文庫